小嗝嗝·何倫德斯·黑線鱈三世

最好的朋友——魚腳司——好像不太對勁。

魚腳司覺得自己得了重感冒，可是老阿皺診斷出的疾病是……被渦蛇龍螫傷所致的**渦毒病**，這是**絕對致命**的病！天啊，完蛋了。

渦毒病唯一的解藥，是一種沒人敢說出名字的植物：**馬鈴薯**。為了找到絕症的解藥，小嗝嗝必須面對瘋子諾伯與一種名叫「末日牙龍」的恐怖海龍。小嗝嗝究竟能不能活著完成任務，拯救他最好的朋友，並破除渦蛇龍的詛咒呢？

## 和小嗝嗝一起展開冒險吧

（雖然他還沒發現自己已經開始冒險了……）

# 失落的王之寶物預言

「龍族時日即將到來，
只有王能拯救你們。
偉大的王將是英雄中的英雄。

集齊失落的王之寶物者，將成為君王。
無牙的龍、我第二好的劍、
我的羅馬盾牌、
來自不存在之境的箭矢、
心之石、萬能鑰匙、
滴答物、王座、王冠。

最珍貴的第十樣，
是能拯救人類的龍族寶石。」

偉大的史圖依克
楓
賊與劍鬥士)
阿呆
魚腳司
瘋子諾伯
(歇斯底里部族瘋瘋癲癲的族長)

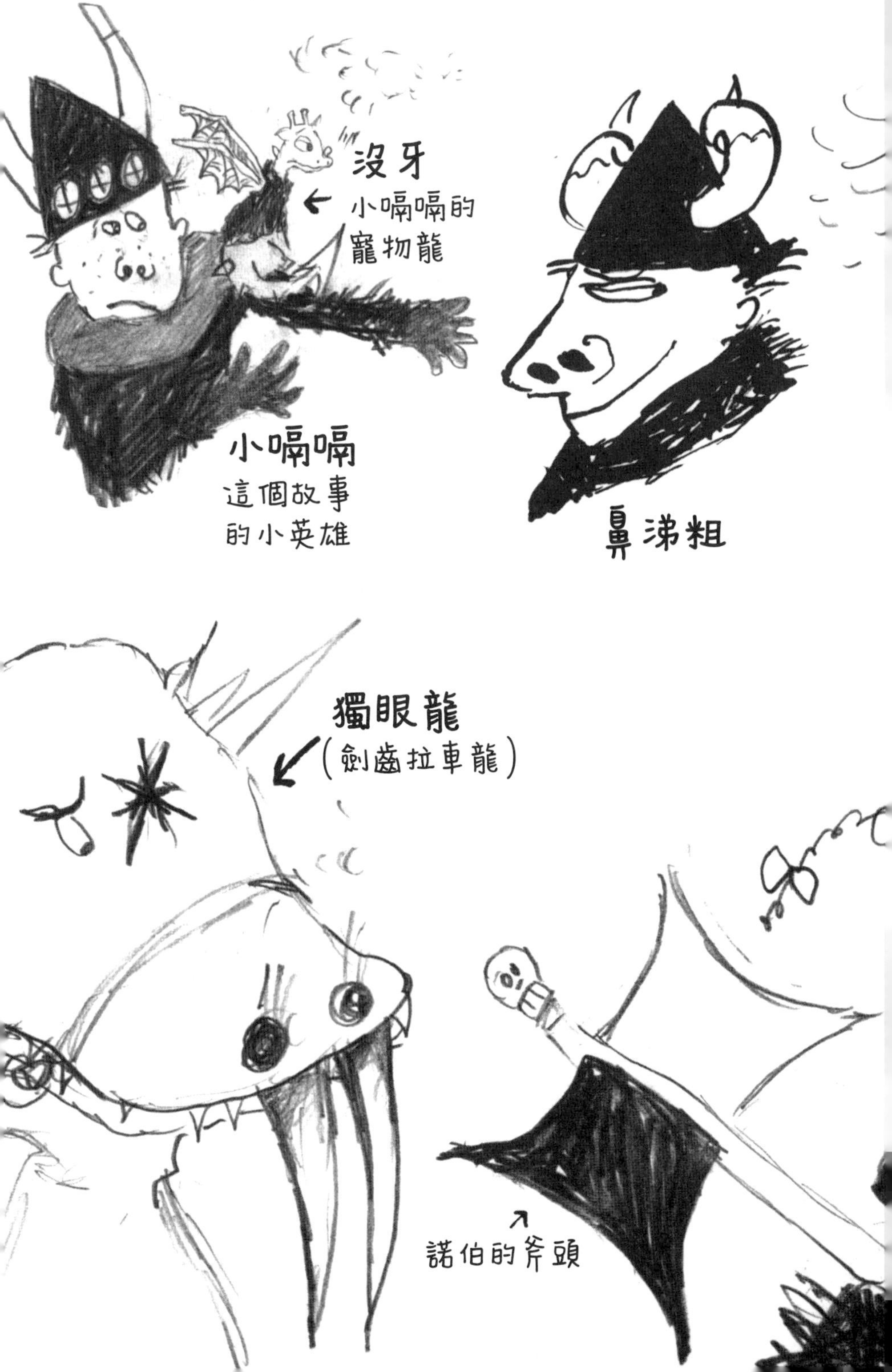
沒牙
小嗝嗝的
寵物龍
小嗝嗝
這個故事
的小英雄
鼻涕粗
獨眼龍
(劍齒拉車龍)
諾伯的斧頭

本書獻給喬舒亞。

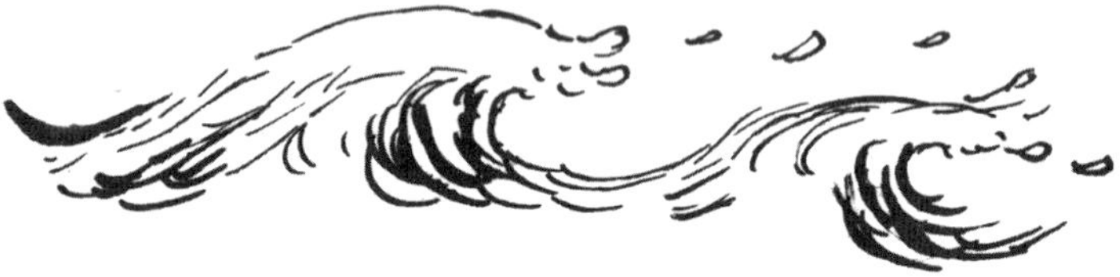

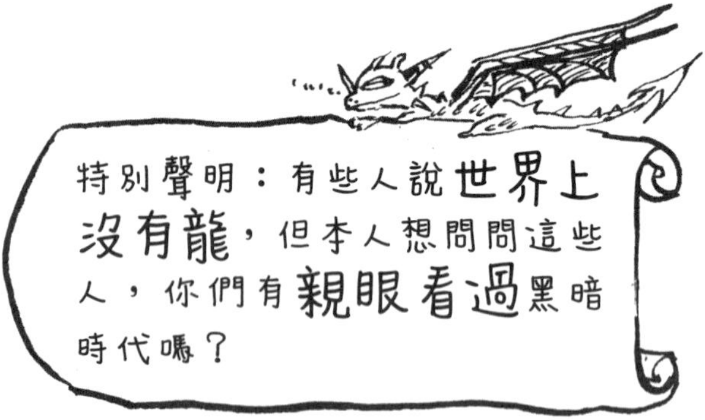
特別聲明：有些人說世界上沒有龍，但本人想問問這些人，你們有親眼看過黑暗時代嗎？

# HOW TO TRAIN YOUR DRAGON

# 馴龍高手 IV

## 渦蛇龍的詛咒

How To Cheat a Dragon's Curse

克瑞希達・科威爾
Cressida Cowell

# 目錄

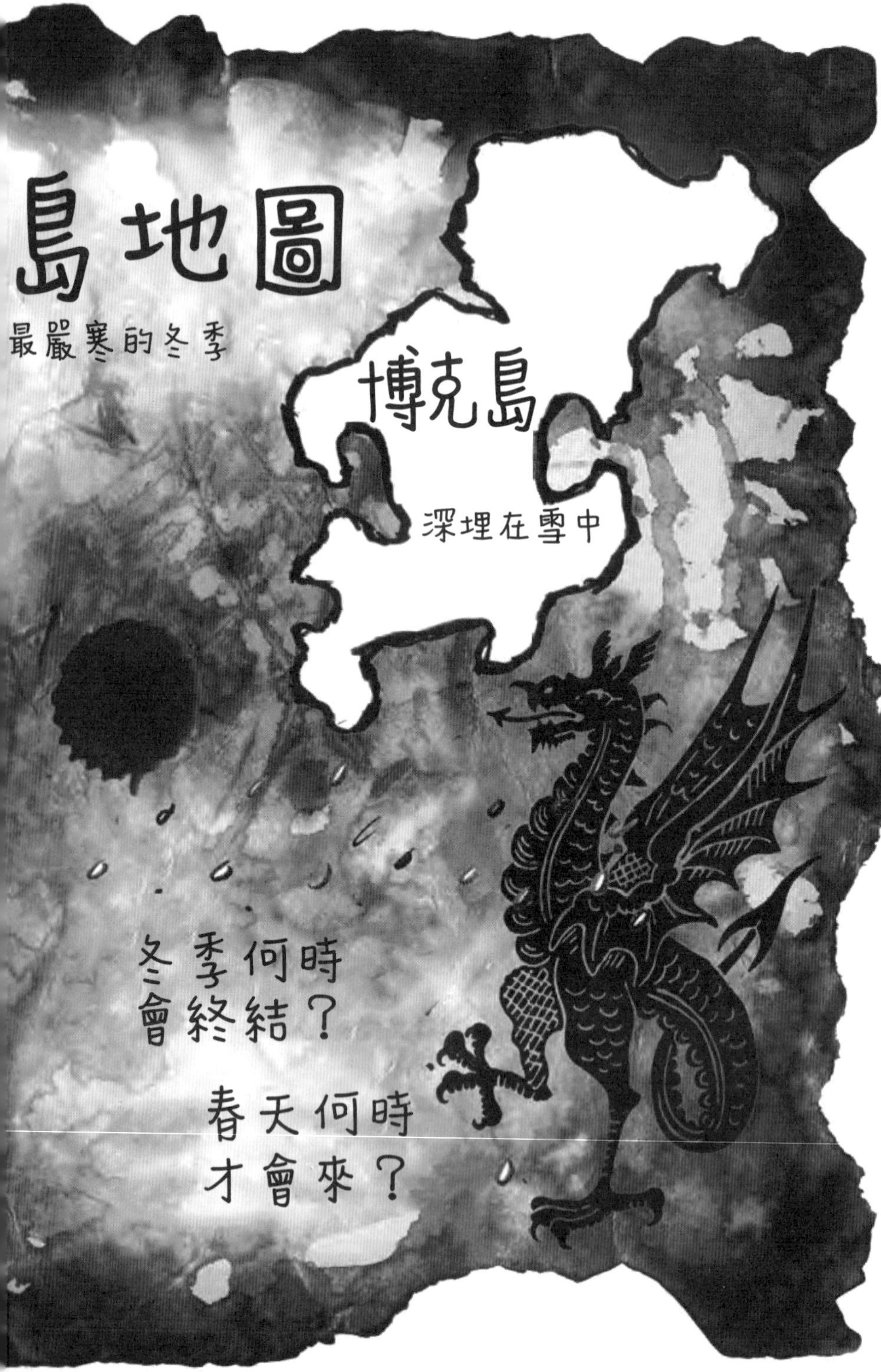
島地圖
最嚴寒的冬季
博克島
深埋在雪中
冬季何時會終結？
春天何時才會來？

蠻荒群
現在是100 年來
乖戾海 結凍了
惡徒山
適合滑雪
末日牙龍被困在索爾之怒海峽的冰層下
小心，歇斯底里島上住著歇斯底里部族（他們都是瘋子）

我是渦蛇龍，和黑寡婦蜘蛛一樣有致命劇毒。在這個故事開始前，我就已經螫傷某個人了（希望他不是你最喜歡的角色），他現在還不曉得，

但是 他被詛咒了！

我的毒液正在他體內擴散。

劇毒將扼殺他的心臟。

到了星期五早上十點鐘，他必然會死去。

沒有人能逃得過

渦蛇龍的詛咒。

# 第一章　弓箭狩獵與滑雪之旅

維京人地盤的冬天總是很冷。

可是今年冬季，是百年來最嚴寒的一次，天氣冷到乖戾海結凍了，內海群島被一層厚厚的冰連接在一起，有些地方的冰層厚達兩公尺。

這是一個特別寒冷的早晨，還要好幾個小時才到早餐時間，全世界彷彿屏著一口氣，時間似乎也凍結了。空氣和碎玻璃同樣鋒銳，白雪皚

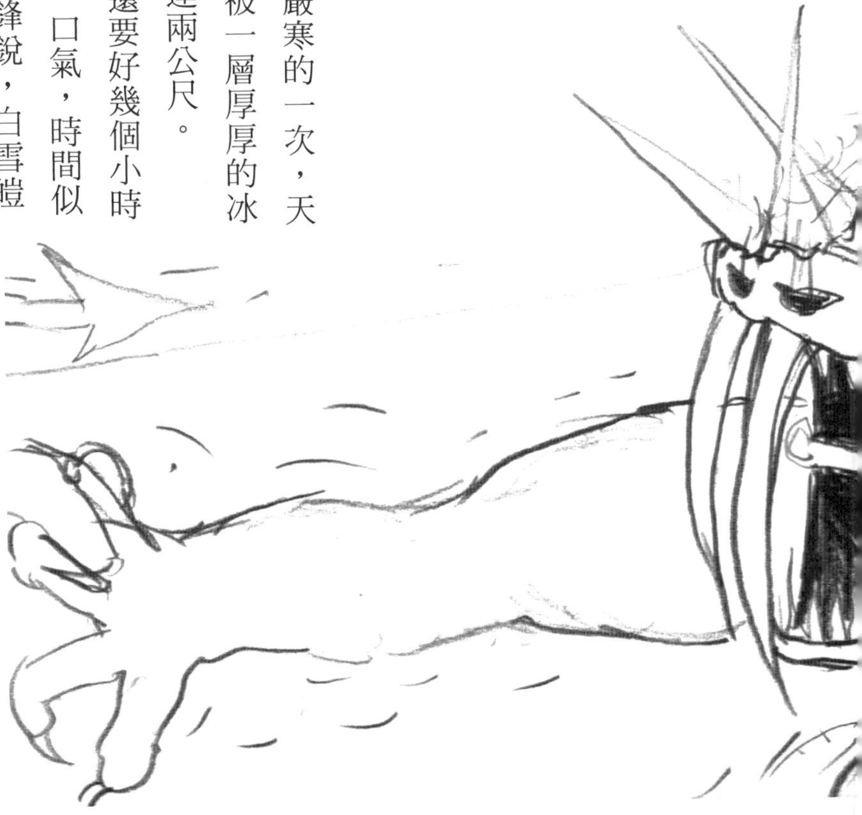

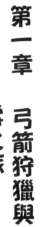

皚的純淨寂靜中，沒有任何聲響……

……除了冰原某處的一陣瘋狂尖叫聲。

一群毛流氓部族的男孩和他們的老師從博克島出發，前往南方的惡徒島。

當然，他們搭的不是船，現在海洋都結冰了，根本沒辦法航海。

他們坐在巨大的木造維京雪橇上，被六隻比獅子還大、比獵豹還快，全身純白的劍齒拉車龍拖著在冰上疾行。

駭人的瘋狂尖叫聲來自駕駛雪橇的男人——打嗝戈伯。戈伯是博克島海盜訓練課程的老師，他塊頭很大，穿毛皮衣時看起來很像態度惡劣、蓄著髒兮兮紅鬍子的棕熊。

「**繼續跑啊你們這些沒用的白蚯蚓！**」戈伯對劍齒拉車龍吼叫，邊舉著鞭子在牠們頭上甩來甩去。「**你們跑得比蝸牛還慢！我一百零四歲的阿嬤都跑得比你們快！衝——啊！**」

他毛茸茸的粗手臂甩出長鞭，鞭子像黑色大蛇般在空中扭轉；他另一條手臂瘋狂甩動韁繩，讓拉車龍不受控地大步往前跳。

戈伯身後的雪橇上，坐著十二個海盜訓練課程學生。其中十個男孩相貌難看、個性粗野，他們和老師吼得一樣大聲、一樣亢奮到不行。

「**衝——啊——！**」他們齊聲歡呼。雪橇衝上雪堆，在空中飛了十公尺，最後重重砸在冰上。

「**衝啊衝啊衝——啊——！**」

最後兩個男孩比其他人矮小，也沒有其他人那麼興奮。

「還好，」雪橇歪向一邊，發出刺耳的聲音並噴起一大堆碎冰時，小嗝嗝．何倫德斯．黑線鱈三世喘著氣說。「還好我今天沒吃早餐，不然肯定會吐出來……」

小嗝嗝是這個故事的小英雄，不過他看起來不太像個維京英雄，他個子矮小，有著一頭紅髮，相貌非常、非常普通。

小嗝嗝最好的朋友叫魚腳司，他像個瘦瘦長長的豆莢，患有氣喘，還常常瞇著眼睛。魚腳司沒有專心聽小嗝嗝說話，因為他正緊閉著眼睛向索爾禱告。

「雷神索爾，求求祢，」魚腳司央求道。「求求祢讓它停下來……」

索爾即將實現魚腳司的願望。

雪橇正迅速接近維西暴徒部族領土的黑色海崖，速度快到不可能及時煞車……

「魚腳司，不要張開眼睛。」小嗝嗝建議。

打嗝戈伯挺直身體大吼一聲：「**停**——————！」他拉著韁繩用力往後仰，幾乎要平躺在雪橇上了。劍齒拉車龍突然緊急煞車，雪橇猛地甩尾……他們將高速撞上崖壁，所有人被撞成碎片……

「**啊啊啊啊啊**！」小嗝嗝驚叫著閉上眼睛。

雪橇在尖銳的聲響中停止

移動。小嗝嗝睜開眼睛，震驚地發現大家都還活著，不過黑色崖壁距離他的臉頰只有寥寥幾公分。小嗝嗝伸手撐著岩石，讓自己別再發抖。

「**好了！**」戈伯大叫著，若無其事地爬下雪橇。「**你們在那邊慢吞吞的做什麼？這群沒用的螺螻大便，還不快來排隊站好！**」

十二個男孩打著哈欠、聊著天，拿出放在雪橇上的滑雪屐固定在毛茸茸的靴子底部。

維京人一年有六個月生活在「雪裡」……因此維京戰士除了要學航海，還得學「滑雪」。

今天是弓箭狩獵滑雪之旅，男孩們必須滑雪溜下內海群島最高山──惡徒山──同時用弓箭獵殺少斑啄雪鳥，殺得越多越好。

「我至少要射**五十隻**。」鼻涕臉鼻涕粗自吹自擂。鼻涕粗是個身材高大、鼻孔也很大的男孩，他的小鬍子看起來像條在他嘴唇上方蠕動的毛毛蟲。

「**安靜！**」戈伯尖叫一聲，大力揮甩鞭子。

男孩們立刻安靜下來。說來奇怪，但是對一個全副武裝、手持長鞭、瘋瘋癲癲，而且身高足足六呎半的老師來說，讓學生安靜下來並不難。

「我會留在這裡看著雪橇，」戈伯大聲宣布。「到了山上，小嗝嗝．何倫德斯．黑線鱈三世就是狩獵隊的領導人。」

十個男孩怨聲連連，他們轉頭氣呼呼地瞪著小嗝嗝。

他們**全體**認為自己的領導能力比小嗝嗝強。

過去三年，鼻涕粗一直是無謂暴力盃冠軍，疣阿豬能赤手空拳把椅子敲碎，無腦狗臭打嗝的聲音大到能把玻璃震碎。

小嗝嗝又瘦又小又不重要，乍看之下根本沒有領導才能。他微帶歉意地往後屈起一條腿，結果兩支滑雪屐勾在一起，他不小心跌倒在冷冰冰的地上。

「為什麼**又**是『小嗝嗝』當頭頭？」鼻涕臉鼻涕粗咬牙切齒地問。

「因為小嗝嗝是『族長』的兒子，他有一天會成為『永久』的領導人。雷神索爾啊，請保佑我們……」戈伯說著把小嗝嗝拉起來，用毛茸茸的大手幫他拍掉身上的雪。

「還有什麼問題嗎？」戈伯大聲問。

魚腳司舉手。「老師，我有個『小』問題。」他說。「我們要怎麼爬『上』山？」

「你們穿著滑雪屐，劍齒拉車龍會把你們『拖』上山。」戈伯解釋。「應該半個小時就到山頂了。」

魚腳司和小嗝嗝懷疑地看著蹲伏在冰原上的雪白大龍。牠們吐著舌頭，牙齒和劍一樣鋒利，貓眼般的眼珠子注視著小小的人類

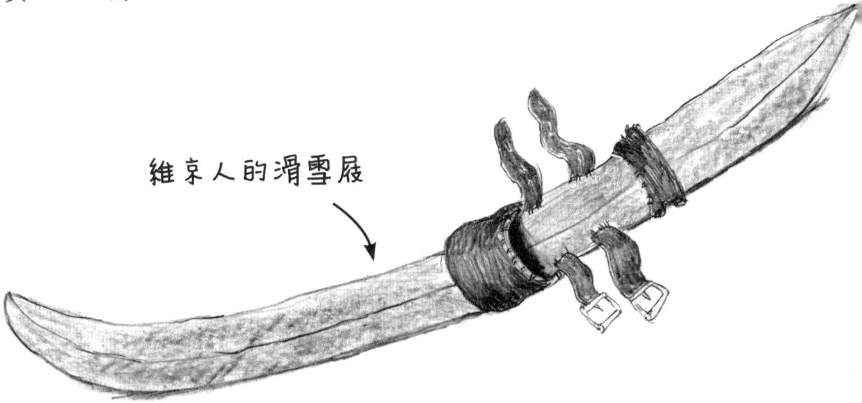

主人，眼裡盡是純粹的恨意。

「那麼，就這樣了。」戈伯說。「我會在這裡等你們，三個小時後再見……我要補個眠……太早起了……」

戈伯打了個大大的哈欠，在雪橇上的毛皮上躺了下來。

「喔對了，還有一件事……大家都知道惡

徒島上沒有住人，不過旁邊就是歇斯底里島，我得警告你們，歇斯底里人**可能**會在這個時節出沒……」

「**歇斯底里部族**？」魚腳司有些……呃……**歇斯底里**地尖叫。「可是他們都被困在歇斯底里島上，不會離開那座島，對不對？」

「歇斯底里部族」

是一支特別嗜血、特別瘋狂的維京部族，就連維西暴徒部族這種兇悍的維京人也怕他們。小嗝嗝從沒見過歇斯底里人，卻聽過很多傳聞，知道那些傢伙見人就殺，毫不廢話。

他們通常不會去騷擾其他部族，因為歇斯底里島有三面是高聳的海崖，北岸則是索爾之怒海峽，裡頭住著恐怖的巨大海龍——**末日牙龍**。

好消息是，沒人能登上歇斯底里島；更重要的是，歇斯底里人離不開他們的島嶼。除了冬季以外……

「因為在冬季，」戈伯愉快地說。「索爾之怒海峽完全結凍，末日牙龍被困在兩公尺深的冰層底下出不來，歇斯底里人就有機會離開他們的小島。所以，要是真的遇上歇斯底里人——當然，我『確信』你們不會一大清早就遇到他們——建議你們全速往反方向滑雪。」說完，戈伯就睡著了。

小嗝嗝小時候寫的一頁筆記

# 龍族冬眠

大部分的龍冬天都會冬眠，大隻的會在山洞裡冬眠，小隻的會在地上挖洞。你可以用地洞的深度看今年冬天會多冷，洞越深代表天氣越冷。

冬眠的普通花園龍。

有些龍跟劍齒拉車龍一樣，他們不會冬眠，我們稱呼為「常青種」。這個名字其實不太對，因為劍齒拉車龍都是白色的。

# 劍齒拉車龍

**劍齒龍是有點像獅子的大龍，牠們不會冬眠，因此冬天常被維京人用來拉雪橇或拖人上山。有時候會把主人吃掉。**

## 統計資料

顏色：只有白色。

武器：劍齒和頭上的尖角。

恐怖：……………………6

攻擊：……………………7

速度：……………………7

體型：……………………7

叛逆：……………………6

# 第二章　劍齒拉車龍

戈伯震耳欲聾的鼾聲遠遠傳出去，乍聽宛如海象在呼喚遠方的同伴。

劍齒拉車龍同時在冰雪中坐下，動也不動，牠們默契十足，彷彿不是六個生物，而是同一個生物的六個部位。奧丁的腋窩啊，這些拉車龍也太——大了吧。

男孩們看著牠們。

「小嗝嗝，你不是要領導我們嗎？」疣阿豬不耐煩地哼一聲。「快想辦法啊！」

小嗝嗝清了清喉嚨，盡量用平和講道理的語氣說話。「各位，」他說出一句龍語。「*我希望你們配合……」

「喔，你們看，『牠』會說話……」一隻樣貌凶惡的特大號劍齒拉車龍說。這隻龍只有一隻眼睛，從牠自大的樣子看來，應該是這群拉車龍的首領。「小人類蚪蚪在用尊貴的龍族之語說話……」

其他拉車龍訕笑起來。

「我們都有各自該完成的任務……」小嗝嗝接著說。

「『我們』要做什麼，我們當然很清楚，」獨眼拉車龍譏諷道。牠閉上自己唯一的眼睛，舒舒服服地趴下來。「你們慢慢去爬內海群島最高的山，『我們』要在這裡好好睡一覺……」

「嘖，我的雷神索爾啊！」鼻涕臉鼻涕粗爆氣了。「你跟這些畜生講什麼娘娘腔龍語，怎麼可能有用！」

鼻涕粗從戈伯鬆開的手裡拿走黑色鞭子，在空中一甩。

*龍語是龍族的語言，這種神奇的語言只有小嗝嗝聽得懂。

無腦狗臭
和
鼻涕臉鼻涕粗

劈啪！

拉車龍紛紛睜開眼睛，眨了眨眼。

鼻涕粗又甩一下長鞭，這次鞭尾打中獨眼劍齒拉車龍的臉，牠痛嚎一聲一躍而起，其他幾隻龍也跟著氣憤卻又恭敬地跳起來。男孩們高聲歡呼。

「這才像話嘛！」鼻涕粗笑嘻嘻地揮動鞭子，為了好玩而一鞭抽在另一隻龍身上，聽到龍的痛呼聲忍不住哈哈大笑。「你們這些**只會流鼻涕爬來爬去的蜥蜴垃圾！**還敢忤逆『我』嗎？給我記住今天的教訓！」

「鼻涕粗，不可以這樣。」小嗝嗝輕聲說。他平常不會和鼻涕粗針鋒相對，但他不忍看到劍齒拉車龍這麼高貴、這麼有尊嚴的動物，被當成馬戲團的猴子耍。

鼻涕粗停下動作，轉身面對小嗝嗝。

「你怎樣？」鼻涕粗譏笑道。「沒用的小嗝嗝該不會想對『大英雄』鼻涕粗下命令吧？小嗝嗝，還是早點面對現實吧，你是永遠不可能當上毛流氓部族族長的，除非白雪變得跟打嗝戈伯的鼻子一樣藍。」

鼻涕粗甩動長鞭，鞭尾毫不留情地捲向小嗝嗝，正中他胸口。

本來應該非常疼痛的一鞭，並沒有打在小嗝嗝身上，這是因為小嗝嗝那隻不聽話的小狩獵龍——沒牙——正窩在他的背心裡睡覺。鞭子末梢抽在沒牙屁股又粗又硬的皮上，把冬眠中的小龍給打醒了。

沒牙愜意地從小嗝嗝的領口爬出來，坐在他肩頭，氣呼呼地鼓起脖子說：「**有、有東西打沒、沒、沒牙的屁、屁、屁股！**

隨、隨、隨隨便便就
有東西打沒、沒、沒牙
屁、屁、屁股，沒、沒、沒牙是
要怎、怎、怎麼睡覺！」

「你可笑的迷你狩獵龍怎麼沒像其他的龍一樣，在洞裡冬眠？」鼻涕粗咆哮。

「我怕他太冷。」小嗝嗝回答，一邊搔搔沒牙兩角之間的皮膚以示安撫。「他挖的冬眠地洞不夠深，如果龍的身體太冷，他們可能會睡好幾世紀才醒來，所以我把他挖出來放在衣服裡，幫他保暖。」

「結果沒、沒、沒牙太！早！醒！來！了！」沒牙氣鼓鼓地說。「冷、冷、冷死了！」

「等等，」鼻涕粗輕蔑地說。「你那隻可笑的迷你龍——」（他會這麼說，是因為沒牙是有史以來體型最小的狩獵龍。）「——那隻滑稽的蛙卵，『穿』的是

**什麼東西**啊？」

沒牙身上穿著一件毛外套。

小嗝嗝為了幫牠保暖，特別做了一件小外套。

「我不行了——我快笑死了——狗臭，快扶著我！」鼻涕粗笑得前仰後合。「小嗝嗝居然幫他的小小龍寶寶做了一件小小毛毛的『裙子』！」

「是外、外、外套！」沒牙嘶聲說。「是外、外、外套！」

「他是穿裙子的龍！」鼻涕粗尖笑著說。

「**哈哈哈哈！**」男孩們大笑。「穿裙子的龍！」

就連劍齒拉車龍也跟著笑了起來。

「唉呀我的爪子，我的牙齒啊，」獨眼龍拖長語調說。「他不但是我看過最小最小的狩獵龍，身上還包著人類的東西！竟然有這麼無聊的龍！」

可憐的小沒牙抬頭挺胸站在小嗝嗝肩頭，皮膚從頭上的角慢慢變成粉紅色，一直擴散到全身。牠咬牙切齒地用耳朵吹出煙圈。

「這是很、很、很時髦的冬！天！外！套！」牠嘴硬道。「你們一定都在嫉、嫉、嫉妒我。」

鼻涕粗不再理沒牙和小嗝嗝，開始發號施令。「好啦，我們已經浪費太多時間了……大家兩兩一組，抓住一隻劍齒畜生的挽具……你們兩個『廢物』，」

他指著小嗝嗝和魚腳司說。「你們就用那隻只有一隻眼睛的畜生吧。」

「**獨眼龍，你是不是不怎麼喜歡人類？**」和魚腳司挪動腳步走到壯碩的劍齒龍身後時，小嗝嗝問道。

獨眼龍朝雪地吐一大口火。「**『不怎麼喜歡』你們？**」牠嘶聲說。「**我體內每一滴純正的龍族血液都對你們恨、之、入、骨……你們人類狡詐、無知、貪心又暴力。我已經當了四十年的龍群首領，我們一起度過好日子，也見過不少艱辛的時刻，那個鼻涕粗哪知道什麼叫真正的領導能力？他不過是隻拿著鞭子的豬。我好恨，恨到牙齒發疼……恨不得抓死世界上所有兩條腿走路、在泥地裡打滾、整天只會動嘴巴的人類，我的爪子好癢……**」

「好棒棒，」魚腳司緊張地說。「我們的拉車龍**痛恨**我們。唉，怎麼情況都沒有起色……」

等到他們啟程，獨眼龍很慢、很慢地拖著他們爬出山谷，穿過一片茂密的松木林之後，其他男孩和拉車龍已經跑得不見蹤影了。

森林就像突然出現一樣，忽然消失殆盡；在爬上惡徒山頂的最後一段路中，他們一棵樹也沒看到。

獨眼龍在惡徒山的頂峰停下腳步，一顆孤

孤單單的巨岩標示出制高點的所在。小嗝嗝緊抓著岩石，免得強風或下方的無盡深淵把他拉得摔下山。他俯瞰山峰的另一側，眺望下方的索爾之怒海峽。

平時，海水與末日牙龍都在海峽裡狂嘯、怒吼，形成互相碰撞的猛烈漩

渦。現在海水結凍了，冰上一片死寂，只剩下黑影在冰層下緩緩游動，宛如雷雨前的大片烏雲，以及令人腦袋發疼、耳膜震顫的可怕呻吟。

「快離開這裡吧。」魚腳司顫抖著說。「蠻荒群島有很多陰森恐怖的地方，可是**最陰森**、**最可怕**的地方一定是『這裡』。」

我不曉得你有沒有試過邊滑雪邊用弓箭狩獵，這種狩獵方法可不簡單，光是滑雪下坡就夠困難了，還得專心朝飛行路徑跟蜂鳥一樣難以預測的少斑啄雪鳥射箭。

今天的練習本來就夠難了，更嚴重的問題是，魚腳司的滑雪技術超級爛，射箭技術更是慘不忍睹，他每次想保持平衡，握弓的手臂就會像風車般直轉圈。就算魚腳司的手跟石頭一樣穩，他還是整天瞇著眼睛，鬥雞眼的斜度跟兩支滑雪屐交叉的程度差不多。老實說，要是魚腳司射中任何東西，那絕對、絕對是巧合。他蹲馬桶似地半蹲前進，滑雪屐擺得像掃雪機一樣的大內八，只要碰到稍微凹凸不平的雪地就會跌倒，滑雪屐也跟著鬆脫。

小嗝嗝沒有魚腳司這麼慘，但體育的重點不只是技術，還有「心態」。小嗝嗝真心不想參加今天的練習，他其實暗地裡欣賞少斑啄雪鳥，這種鳥會築拱門狀的巢，他喜歡看這些可愛的小鳥在屋外跳來跳去。

因此，一個半小時過後，儘管少斑啄雪鳥在他們周圍跳上跳下，像極了在牛背上彈跳的跳蚤，小嗝嗝和魚腳司還是連一隻都沒射中。

「可惡，可惡，可惡！」又一次射偏時，小嗝嗝忍不住大罵。

獨眼龍看得津津有味。

「你們兩個人類挺有趣的，」牠慢條斯理地說。「我從來沒遇過你們這樣的維京人……小得不得了，又很遜。你們不會滑雪、不會狩獵，連大聲叫人給你們太妃糖都做不到。」

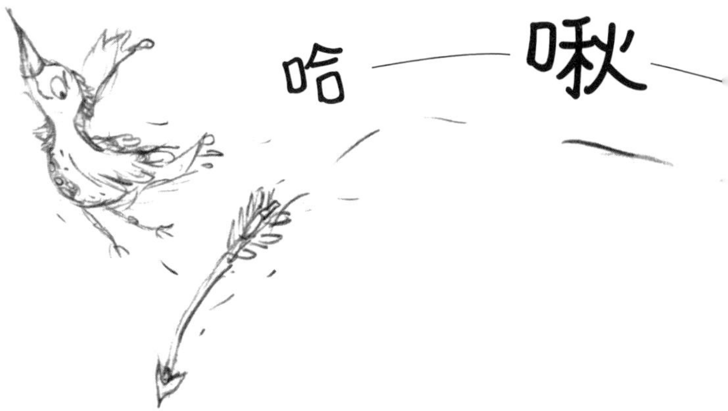


「吵死了。」小嗝嗝氣呼呼地罵道。

魚腳司已經跌倒五十四次了，他現在全身是雪，衣服又溼透了，不停發抖的手當然不可能射中任何東西。更慘的是，他好像得重感冒了。

「我**不可能**成功啦！」他高呼。「絕對**不可能**！**哈、哈、哈——啾——**！鼻涕粗跟狗臭應該已經把蠻荒群島一半的鳥類都殺光了吧！那我們呢？我們到現在連『一隻』啄雪鳥屍體都沒有！可惡的小鳥，就不能乖乖站好嗎？一毫秒——**一毫秒**就好了嘛！」

小嗝嗝把魚腳司拉起來時（這已經是第五十五次了），隱約聽到低沉的笑聲，而且好像是人類的笑聲，聲音來自離他們有一段距離的下方雪堆後面。

他讓魚腳司撐著滑雪杖站好，叫沒牙不要出聲，小心翼翼地走到雪堆前，往後面看過去。

那邊是另一座山坡，往下一百公尺處有某個東西……恐懼的戰慄竄下小嗝嗝脊椎。

劍齒拉車龍——獨眼龍——站在小嗝嗝左後方，牠陰沉地低吼一聲，肌肉糾結的背上尖角直豎，末端長刺的尾巴危險地左右搖擺，眼睛也瞇了起來。「**『那些』人類**，」牠嘶聲說。「**『那些』人類比別的人類還要壞……**」

「怎麼了？」魚腳司問。他用袖子擦鼻涕，邊揉揉摔痛了的屁股。

「歐斯底里人……」小嗝嗝悄聲說。「快趴下……」

六個黑衣歐斯底里人坐在下方的山坡上，附近地上是五隻大雄鹿的屍體，鹿血與白雪

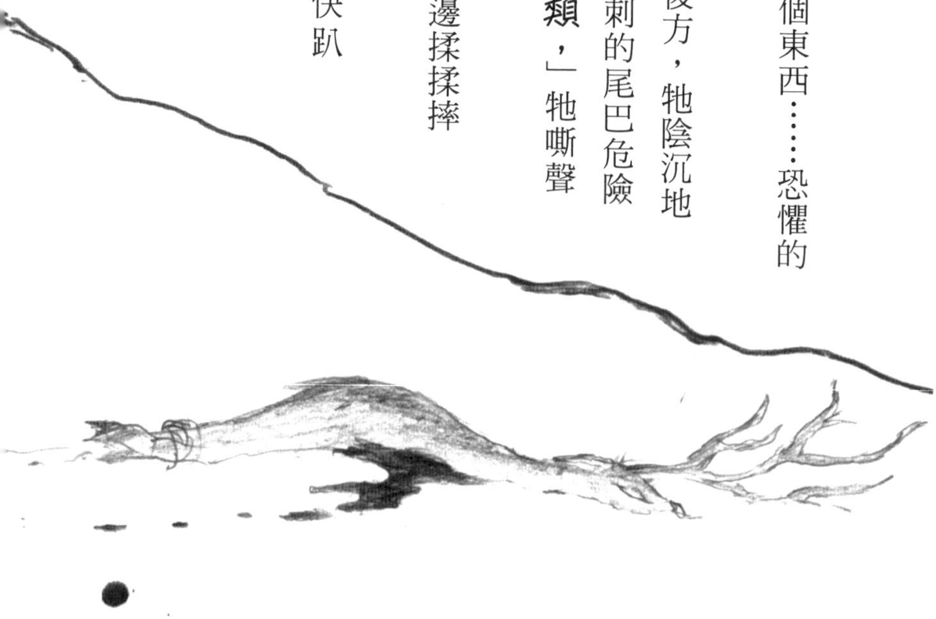

歐斯底里人。

形成強烈對比。這些歇斯底里人應該是準備滑雪回索爾之怒海峽對岸的歇斯底里村，半途停下來吃早餐，他們生了火，正在用手把鹿肉拿起來吃，滑雪屐與弓箭都插在身後的雪地上。

「感謝索爾，還好他們沒看到我們。」小嗝嗝用氣音對魚腳司說。「走吧，我們安安靜靜地原路折返就沒事了。」

這個計畫非常好。

問題是，魚腳司好像怪怪的。

魚腳司狀況很差，他眼淚鼻水直流，發燒到全身微微顫抖，而且他看到歇斯底里人時臉頰先是變成粉紅色，接著完全變成紅色。他氣憤地噴著鼻息說：「那些沒腦袋的肌肉笨蛋！」他嘀咕。

「對啊對啊，他們是笨蛋。」小嗝嗝小聲說。「我們快走啦……」

「可惡的謀殺犯……他們居然大白天把可憐的鹿殺死……可惡討厭無腦的壞蛋……」

「你說得沒錯，」小嗝嗝說。「可是我們得在他們殺死**我們**之前趕快離開……」

但小嗝嗝還來不及阻止他，魚腳司就跌跌撞撞地站起來，拔出他的劍，扯著嗓子高喊：

「**懦夫！**」

歐斯底里人停下吃肉的動作，六個人震驚地抬頭。

他們再怎麼震驚，

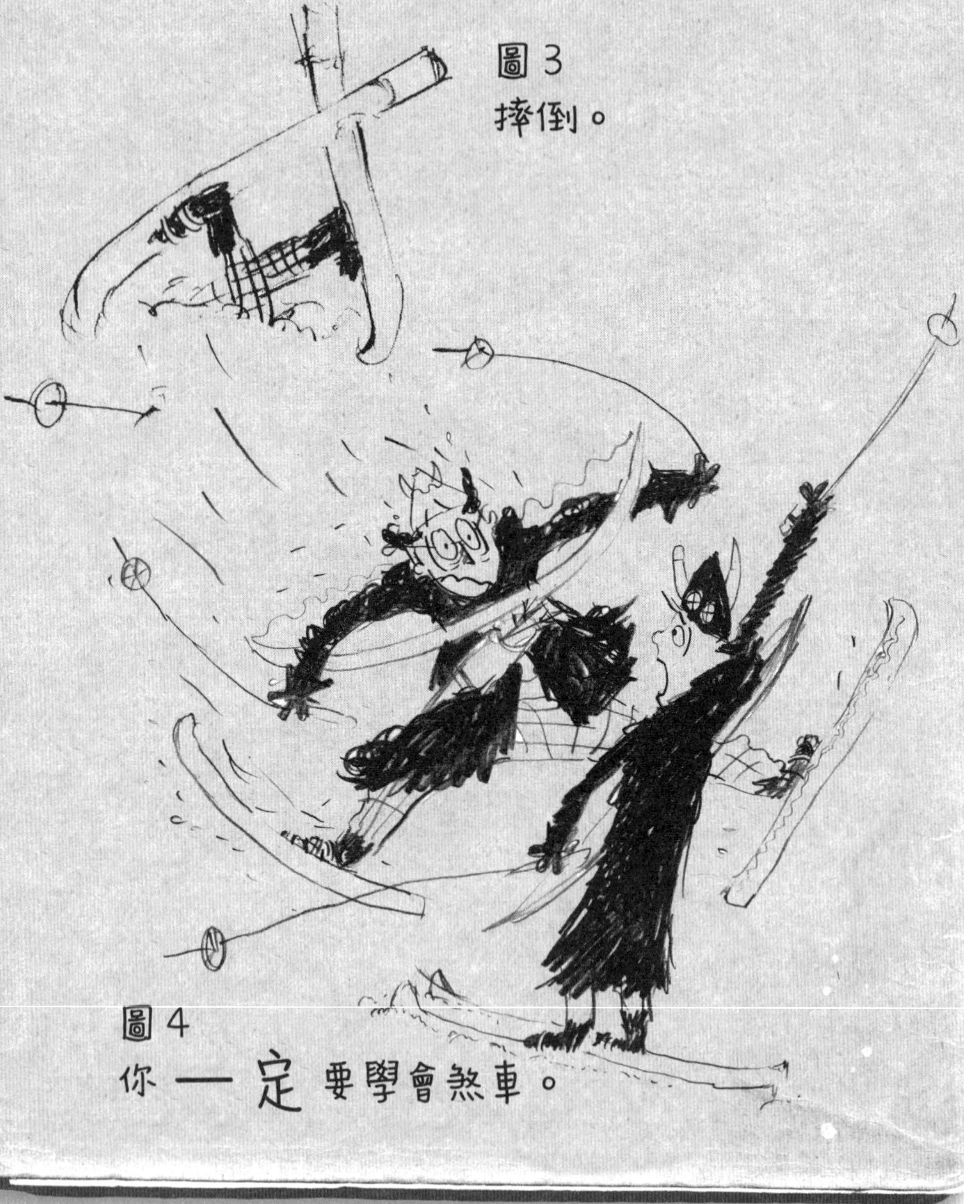

圖3
摔倒。

圖4
你一定要學會煞車。

# 魚腳司的滑雪錯誤示範

圖1
膝蓋彎曲，屁股往外翹，神情堅定地一步一步往前移。

圖2
啊呀！滑雪屐卡在一起了，身體不太平衡……
魚腳司的滑雪錯誤示範

也不可能比小嗝嗝還要驚訝。小嗝嗝眼睜睜看著魚腳司踩著不受控的「掃雪機」滑下坡，直直衝向那群可怖的戰士，兩根滑雪杖在空中胡亂揮舞，箭矢一支支飛出箭袋，簡直像隻掉刺的刺蝟。魚腳司越滑越快，還不停叫嚷：

「**你們這些可悲的軟體動物！可笑的蛾螺！超弱的小妖怪！我就算一隻手綁在背後也能打敗你們！你們這些膽小的烏賊，快給我站起來，跟我堂堂正正地一決勝負！**」

# 第三章　螳螂捕蟬，黃雀在後

小嗝嗝瞠目結舌，呆呆看著好友憤怒地疾衝下山。

「**你們這群可惡的口臭黑線鱈！**」魚腳司狂躁地尖叫。「**沒用的浮游生物！我看到你們可笑的模樣了——你們一想到要跟真正的維京人戰鬥，就嚇得語無倫次了！**」

獨眼龍也注視著魚腳司，臉上是一種近似讚嘆的表情。「我不該低估你朋友的。」牠敬佩地咕噥。「我還以為他是根沒用的雜草，沒想到他這麼英勇……當然，這根本是自殺行為，但我不否認他很英勇……」

歇斯底里人看到一個體型嬌小的異族男孩突然攻過來，驚訝得一時無法反應；他們目瞪口呆地看著魚腳司，本來要送到口中的鹿肉還拿在手上。

魚腳司踩著滑雪屐直直衝向歐斯底里人，到他們面前時瘋狂揮劍，但他當然沒砍到人，而是直接從營火上方滑過去，繼續下山了。魚腳司的毛衣被營火點燃，不過火苗很快就被風吹熄。

歐斯底里人詫異地沉默半晌，目送不停尖叫的小孩飛速滑下山；他們互看一眼，就算看不到他們的臉，你也知道那是「一起去宰了他吧」的凶惡表情。他們俐落地綁好滑雪屐，效率良好但不急促，然後用長滿毛的寬肩背起弓箭，往魚腳司離開的方向滑去。

「慘了，我的光輝之神巴德爾的大屁股啊，」小嗝嗝焦急地跟上去。「他們一定會殺了他，我該怎麼辦？怎麼辦？」

「什麼怎麼辦？」獨眼龍輕鬆地跑在小嗝嗝身旁。「你什麼都做不了……你朋友死定了……我們劍齒龍把他這種人叫『會走路的屍體』……不過你朋友應該叫『會滑雪的屍體』才對。你不能做什麼，而且如果繼續往這個方向走，連你自己也可能被殺……」

劍齒拉車龍說得有道理，小嗝嗝努力加速滑雪，卻一直跟不上，對方不愧是身材高大、滑雪技術高超的歐斯底里人。

魚腳司沒有做「轉彎」之類的複雜動作，所以行進速度非常快，但他也完全無法控制滑雪的速度或方向，至今還沒摔倒應該可說是奇蹟。小嗝嗝看到他不時回頭辱罵歐斯底里人。

歐斯底里人逐漸拉近距離，一個大漢背著黑色與金色相間的雙刃戰斧，將一支箭搭到弓弦上。

小嗝嗝猛力煞車，地上噴出半圈白雪。他也把箭矢搭在弦上。

「我的角，我的觸鬚啊！」沒牙驚叫。「他要做、做、做傻事了！小嗝嗝，不、不、不要啊！不可以！」

小嗝嗝小心瞄準，讓箭飛射出去。箭矢劃過半空，命中準備朝魚腳司射箭的大漢，而且是命中他的屁股。

小嗝嗝練了一個早上，終於射中目標了。

「射得好！」獨眼龍看好戲看得興味盎然，還大吼了一聲。

背著斧頭的大漢放聲痛吼，手臂不停亂揮，他自己的箭也飛了出去，在空中劃出漂亮的弧……好死不死地命中另一個歇斯底里人的屁股。

「不會吧，太精采了……」獨眼龍讚嘆道。「你捏我一下試試看，說不定我在作夢……說不定今天是我生日……」

第二個歐斯底里人痛呼一聲，做了個完整的前空翻，撞倒前面另一個歐斯底里人。第三個人滾倒在地上，撞到其他三個歐斯底里人的腿，那三個人也被撞倒，最後「六個」歐斯底里人都倒在雪地上，大家的手腳纏在一起，每個人憤恨地呻吟著。

「很好，很好，」小嗝嗝自言自語。「天神啊，拜託讓他們六個都來追我，不要去追魚腳司。」

「我覺得他們會來追你！」獨眼龍笑得眼淚都流出來了。「我覺得他們真的會來追你……」

「**我在這邊！**」小嗝嗝大喊。他先確保歐斯底里人看清害他們跌成一團的罪魁禍首是誰，又補充一句：「**不怕被射就來抓我啊！你們……你們這群扭來扭去的野蠻垃圾！**」

「你在做、做、做什麼啦！」沒牙哀聲說。「那些歐斯底里人要氣、

**氣、氣炸了！」**

歐斯底里人的確氣炸了，氣得七竅生煙。小嗝嗝趕忙用閃電般的速度往山下衝。

「**我們提早開跑，應該能成功逃走。**」小嗝嗝氣喘吁吁。他這輩子從來沒試過這麼高速的滑雪。

「**但提早開跑還不夠，**」獨眼龍喜孜孜地說。「**你還得從半山腰滑到平地，還沒到平地他們就會追上來了。**」

果不其然，沒過多久小嗝嗝就聽到歐斯底里人展開追逐的聲音。

五個歐斯底里人像群聲音高亢的瘋野狼，發出狼嚎般的歐斯底里吼叫，背著斧頭的第六人沒有號叫，而是全力用言語攻擊小嗝嗝。

「毛流氓小刺客，你**好大的膽子**，竟敢偷襲我尊貴的屁股！我們歐斯底里人是全世界最厲害的獵人，等我抓到你，我會用我的砍砍斧把你切成碎塊，餵給末日牙龍吃。我要把你全身插滿箭，你等著當我的過濾器吧！」歐斯底里大

漢提著戰斧大叫。

「這人真迷人！」獨眼龍笑嘻嘻地說。「歐斯底里人還真好客啊，你說是不是？」

小嗝嗝朝樹林滑去，希望林木能阻礙歐斯底里人射箭。

在密林裡滑雪很困難，也十分危險，在一般情況下你應該「減速」。

可是這並非一般情況，小嗝嗝尖叫著在樹林裡瘋狂拐彎，速度快得不

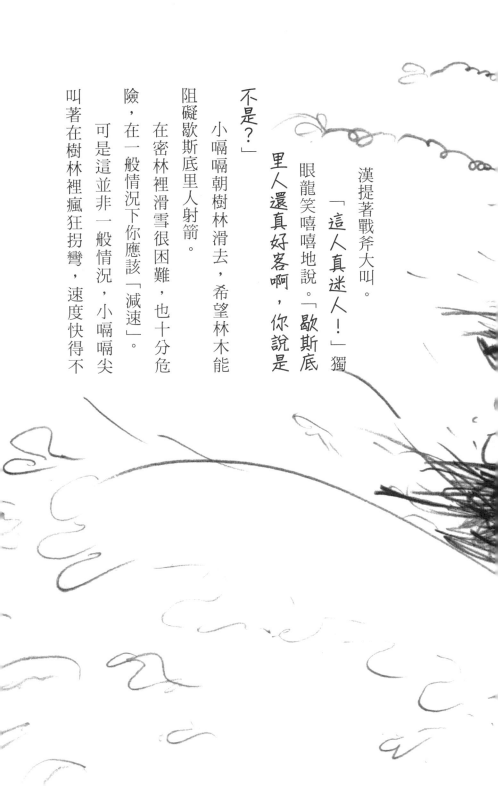

可思議，遠超出安全的速度範圍。

「小、小、小心！」沒牙提醒他。「有很、很、很多樹！」

「謝謝你啊，沒牙。」小嗝嗝氣喘如牛地諷刺道，同時大動作地左右轉彎。「我完全沒看到樹林裡的樹呢……」

龍族的反應比人類快，所以獨眼龍和沒牙能輕鬆跟在小嗝嗝身旁，不過歇斯底里人也不遑多讓。小嗝嗝只聽到一個人來不及轉彎，「砰！」一聲撞上樹木，可是剩下五個歇斯底里人仍緊跟在後，聽到那令人毛骨悚然的歇斯底里號叫，他們好像越來越近了……

「你逃不了的！」提著戰斧的大漢尖叫。「等我逮到你，我要把你的手腳全部扯掉，把你的骨頭拿來當牙籤！」

與此同時，在山下補眠的戈伯終於醒了，看到十個學生狩獵歸來。

戈伯把五隻劍齒拉車龍的挽具綁在雪橇前頭，現在只剩小嗝嗝和魚腳司還沒回來了。

「我射了九十隻啄雪鳥。」快拳得意地對一臉欽佩的疣阿豬誇耀。

「那算什麼，」鼻涕粗志得意滿。「我殺了**兩百零四隻**……今天的任務超級無敵簡單，就跟抓木桶裡的魚一樣簡單。就連沒用的小嗝嗝跟那隻長腳的魚也能抓到幾隻鳥，我就不信他們有那麼遜。」

「**那兩個白痴死去哪裡了**？」戈伯大吼。他開始感到不安了，小嗝嗝是族長——偉大的史圖依克．聽到這個名字就盡情發抖吧．咳．呸——的兒子，史圖依克向來脾氣暴躁，要是他唯一的兒子出事了，戈伯肯定不會有好下場。

「他們會不會被啄雪鳥襲擊了？」鼻涕粗冷笑著說。

山谷間傳來叫喊聲，魚腳司像暴走的掃雪機般直衝下來，兩條手臂跟風車一樣不停亂揮。魚腳司速度太快了，根本就停不下來，他「咻——」一聲從雪橇旁邊滑過去，經過瞠目結舌的戈伯和其他男孩，又滑行了五十公尺，最後才停下來，癱倒在冰上。

戈伯有種不好的預感，連忙衝過去扶起魚腳司。

魚腳司皮膚發紫，還不停冒汗和發抖，看起來非常糟糕。

「**小嗝嗝呢？**」戈伯大聲問。「**小嗝嗝在哪裡？**」

「歐斯底里人……」魚腳司喘著氣說。「哈——哈——哈——啾！有**歐斯底里人……**」

戈伯瞬間面無血色，比少斑啄雪鳥還要白。

山坡上，小嗝嗝像射出去的箭矢一樣迅速溜出樹林。

正下方就是山谷……他遠遠看到戈伯的雪橇，還有在雪橇四周走動的小黑點，看來其他男孩都已經回戈伯那邊了……

小嗝嗝知道自己還沒回到谷底，就會被歐斯底里人抓到，他們離他太近

了，再過不久就能朝他射箭或直接來抓他。

小嗝嗝必須立刻做決定。

他沒有繼續滑向山谷，而是咬緊牙關，把滑雪屐轉往右邊，朝山坡另一邊的斷崖滑去。

「你要做、做、做什麼？」沒牙尖叫。「那邊是、是、是兩百公尺高的懸崖耶！你會死、死、死！」

緊追著小嗝嗝不放的歇

斯底里人也衝出樹林。他們看到小嗝嗝滑往斷崖，連箭都懶得射了，跟在小嗝嗝後方嘲諷道：

「毛流氓**廢物**，你要去哪裡啊？」

「到英靈神殿幫我跟奧丁打聲招呼！」

現在小嗝嗝可以看到懸崖邊緣了，那裡沒有雪，只有無盡的空氣。

「**停！**」沒牙尖叫。「**快、快、快停啊啊啊啊啊！！**」

「為什麼要停？」小嗝嗝問。

「我沒得選了，就算我停下來，你以為那些歇斯底里人會抱抱我，然後放我走嗎？」

「不、不、不會！」沒牙放聲尖叫。「可是你不能去懸、懸、懸崖那邊！會摔死、死、死的！」

「所以我才需要獨眼龍的幫忙。」小嗝嗝轉頭對跟在他旁邊的劍齒拉車龍說。

「你怎麼會覺得我願意幫你？」獨眼龍冷笑著說。「我痛恨人類，少了一個粉紅皮膚的奴隸

主，對我來說只有好處，沒有壞處。」

「你說得沒錯，」小嗝嗝說。「可是我如果死了，下一任毛流氓部族族長就會是……」

山坡到底了，小嗝嗝雙腳撐開、縱身一躍，從斷崖邊緣飛了出去。獨眼龍撐開寬闊的翅膀，跟著飛了起來。「是誰？」獨眼龍焦急地問。「下一任族長會是誰？」在那短暫的瞬間，小嗝嗝彷彿化成一隻小鳥，飛上明媚的無垠藍天。

然後，他開始**下墜**。

小嗝嗝邊下墜邊大喊。

他尖叫著以時速一百五十英里的速度墜向冰層。

打嗝戈伯就站在下面，他看到老闆的寶貝兒子將要摔死，也跟著放聲尖叫。

再過三秒，小嗝嗝就會摔得屍骨無存。

第一秒，小嗝嗝確信獨眼龍會救他。

第二秒，他開始懷疑自己的判斷。

劍齒拉車龍太過仇恨人類，關鍵的好幾毫秒過去了，牠一直猶豫不決，在最後一瞬間才下定決心……

牠收起翅膀，俯衝向小嗝嗝。

劍齒拉車龍俯衝的速度比遊隼快，姿態也比遊隼優美，獨眼龍及時用大爪子抓住小嗝嗝的腰，而後撐開翅膀往上滑翔，樣子像極了大白鳶。小嗝嗝興奮地高呼一聲。

在下方看著這一切的男孩們跟著鼓掌，還大聲發出毛流氓歡呼。戈伯鬆了

一大口氣，差點昏過去。

「鼻涕臉鼻涕粗，」獨眼龍在飛行時發問。「是那個紅頭髮、高個子的豬臉男孩嗎？」

「就是他。」小嗝嗝愉快地說。

「那我真的該幫你。」獨眼龍飛得更高了。「也許你真的是個值得幫助的人類……」

懸崖上，歇斯底里部族的戰斧大漢氣急敗壞地折斷自己的滑雪屐，他怒不可遏的叫聲飄到空中：

「**你別想逃！你永遠別想安睡！**」大漢惱羞成怒地尖叫。「**不管你去哪裡，我都會找到你！我會追著你跑到世界的盡頭、跑到海底、跑到天上！你這隻毛流氓蟑螂，我跟你保證，你一定會後悔的！你一定會後悔當初對瘋子諾伯的屁股射箭！**」叫喊聲越來越微弱，直到小嗝嗝什麼也聽不見了。

「你以後要提醒我，」小嗝嗝對飛在旁邊的沒牙說。「未來二十年內都別再來歐斯底里島……」

「是永、永、永遠。」沒牙激動地說。「『永遠』不要再來了。」

劍齒拉車龍的身軀太龐大、肌肉太多，無法長途飛行，因此獨眼龍降落在山谷裡，把小嗝嗝放上雪橇。打嗝戈伯終於能放下心來，他看了懸崖一眼，看到歐斯底里人還在上頭揮拳頭、發出歐斯底里吼叫，就決定盡早離開這個地方。戈伯把魚腳司放上雪橇，其他男孩也爬上去，大家歡呼唱歌，一路跟著在天空翱翔的劍齒拉車龍回到小小的博克島。

我是渦蛇龍，
我比泡了砷的毒蛇還要毒，
比毒菇口味的毛蜘蛛還毒。
你開始咳嗽、發冷、流鼻涕、打噴嚏？
你覺得噁心、傷心、生氣？
你的皮膚熱到開始冒煙？
你的喉嚨僵硬到無法吞嚥？
如果你突然**暴斃**，
很有可能已經被**渦蛇龍**螫了。

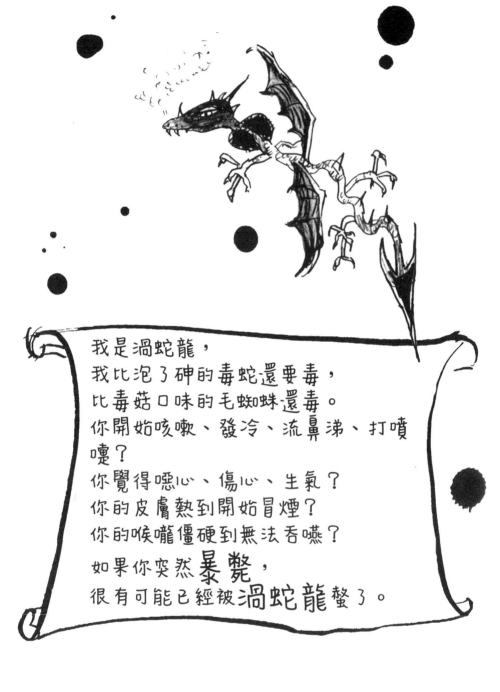

瘋子諾伯出現在小嗝嗝夢裡。

# 第四章　魚腳司是不是不太對勁？

那天晚上，小嗝嗝怎麼也睡不好，只要進入夢鄉都會看到瘋子諾伯歇斯底里地尖叫：「**我會把你磨成沙！用我的砍砍斧把你剁碎！**」小嗝嗝每次都滿身是汗地驚醒。

隔天，沒牙氣呼呼地醒了過來，牠之所以生氣，是因為牠無法繼續冬眠。牠昨天晚上該做的事都做了，牠有大量運動，睡前也喝了類似牛奶的飲料，卻都沒有用，早上五點鐘，牠青梅色的眼睛突然**張了開來**，簡直像打開貝殼的扇貝。牠就這樣醒過來，今天別想再睡了。

小嗝嗝也別想睡了。

沒牙本來像個鬧脾氣的熱水壺，窩在小嗝嗝腳邊，現在爬起來在小嗝嗝身上走來走去，尖銳的小爪子從小嗝嗝肚皮一路劃到額頭，接著一屁股坐下來，氣憤地嘶嘶亂叫。

「沒牙『又』醒、醒、醒了……不公平……不公平……沒牙為、什、麼要醒來？其他龍都在睡、睡、睡覺……」

清晨五點鐘被一隻坐在你頭上，對著你鼻孔直吐煙圈的小龍鬧醒，感覺一點也不好。

「好棒喔，我也醒了。」小嗝嗝嘀咕道。他昏昏欲睡地咳了咳。「可以不要對著我吹煙圈嗎？我喉嚨痛……」

「你醒了又怎樣。」沒牙繼續氣呼呼地吹出

大朵大朵的煙雲。「你不、不、不過是個人、人、人類，不算……我們龍、龍、龍族很敏、敏、敏感……我們需、需、需要睡覺。」

「好喔。」小嗝嗝劇烈咳嗽著說。「我們不用現在起床啊，現在還很早，再多睡一下也沒關係……」

小嗝嗝翻了個身，把毛皮被子裹得更緊，這樣才能多睡一會。

可是沒牙醒了就是「醒了」，牠才剛在主人身旁躺下來，又立刻跳了起來。

「沒牙現在醒來了……」牠在小嗝嗝的頭旁邊亂拍翅膀、拉他的頭髮，還在他耳邊「咕咕」怪叫。「太、太、太陽晒屁股了……起來啦……起來啦……沒牙肚、肚、肚子餓……小嗝嗝幫沒牙做早、早、早餐……」

沒牙看這招沒用，就爬到小嗝嗝肩膀上，用爪子輕輕拉起他的耳垂，對著耳朵尖叫：「救命！救命！沒牙『現在馬上』要尿、尿、尿尿！」

小嗝嗝像是被射了一箭，立刻坐起身。

「真是的，我的水母啊，拜託你忍著點，不要再尿床了……沒牙，你忍一下，忍一下……」

小嗝嗝跳下床，踩著冷冰冰的石地板，穿上四層毛皮，這段時間沒牙一直在他的頭上飛來飛去，嘎嘎叫著：「現在！現！在！沒牙現、在、就要尿尿！」

「等一下！」小嗝嗝哀求道。他脫下手套才能打開前門的門閂，這時，沒牙還是不停尖叫：「現在！現在！現在！」

小嗝嗝拉開前門，外頭的天空和午夜一樣黑，而且空氣很冷、很冷，冷得像一桶冰水潑在你臉上。

沒牙尖叫：「現在！現在！」牠飛出門，在門口外一公尺的雪地蹲了下來。

「沒牙忍住了，沒牙好乖。」小嗝嗝邊說邊拍手，試著讓手暖起來。沒牙蹲在雪地裡假裝很專心，「專心」到頭上的角都要皺在一起了，卻什麼事都沒有發生。

過了一會兒，牠站了起來。「沒牙好像不用尿、尿、尿尿了……」牠篤定地說。

小嗝嗝崩潰地用戴著手套的手拍自己額頭。

有時候，養龍真的**很麻煩**。

既然已經下床，再回去躺著也沒意義了，小嗝嗝乾脆做起早餐，一邊想事情。

他有點擔心魚腳司的狀況。魚腳司昨天為什麼會突然去攻擊歇斯底里人？他不是那種喜歡惹是生非的人啊，平常就算只是「聞到」歇斯底里人的味道，他都會全速往反方向滑走……好吧，說不定他昨天摔了好幾跤，發動狂戰士模式了，可是他還是怪怪的……

問題還不只這樣，小嗝嗝覺得魚腳司最近身體狀況也很差，常常打噴嚏和發抖，而這些症狀就和發狂沒關係了。魚腳司好像**不太對勁**……

大約過了一個小時，廚房的門被用力打開，門板差點脫框。小嗝嗝的父親——偉大的史圖依克——宛如身高六呎半的地震，大步走進來吃早餐，打哈欠時嘴巴張得老大，小嗝嗝都能看到他的扁桃腺了。偉大的史圖依克是個典型維京人，他蓄著大鬍子，脖子又粗又短，而且頭腦簡單、四肢發達。

「兒子啊，你做了麥片粥？」他大聲說。「太好了，太好了。」史圖依克沒有用碗盛麥片粥，而是提起火爐上的大釜，在餐桌前坐下，直接用大釜喝了起來。

「父親。」小嗝嗝說。

史圖依克心不在焉地「嗯？」一聲，仰頭喝下大釜裡最後的麥片粥，大鬍子沾到很多黏答答的粥，形成濃稠的塊狀河流。

「我有點擔心魚腳司的狀況……你可以幫幫我嗎……」小嗝嗝問。

史圖依克喝完粥，舔了舔嘴唇，愉快地用力把大釜丟回火爐。

「『魚咬死』是你那個長得像憂鬱的黑線鱈、樣子有點奇怪的朋友嗎？」史圖依克聲若洪鐘。他抓起桌上一條鯖魚，將牠連頭帶尾巴和眼睛一口吞下肚，彷彿表演吞劍的雜耍藝人。

「是沒錯，」小嗝嗝回答。「可是他不叫『魚咬死』，他的名字是『魚腳司』……」

「說來真……真小？真腳？真咬？」史圖依克大聲說。

「你是說，『說來真巧』嗎？」小嗝嗝禮貌地問。

「隨便啦！」史圖依克大吼。「我本人最近也很擔心魚咬死。」

「真的嗎？」小嗝嗝驚訝地問。史圖依克居然也會擔心別人？

「沒錯，」史圖依克一本正經地說。「我想跟你**嚴肅地**談一談。小嗝嗝，你

過來。」

小嗝嗝走過去站在父親面前，史圖依克雙手搭著兒子的肩膀，嚴肅地注視著他的眼睛。小嗝嗝也試著擺出嚴肅的表情，可是當你父親的鬍子沾滿麥片粥時，你很難保持正經。

「兒子，」偉大的史圖依克說。「你是族長的兒子，也是毛流氓部族的繼承人。你跟什麼樣的人當朋友，別人都看在眼裡，這會影響他們對你的觀感。我也不想說得這麼難聽，可是那個『魚咬死』真的是我這輩子見過最奇怪的小怪胎，小嗝嗝，你不能再跟他來往了，放棄他吧……」

「可是父親，」小嗝嗝出聲抗議。「魚腳司是我的『朋友』。」

「**閉嘴！**」史圖依克吼完，稍微溫和一點地說：「兒子啊，我知道這不容易，可是族長是代表全族的公眾人物，我們得讓其他部族**畏懼**毛流氓部族，才不會跑來偷襲我們……那個『魚咬死』，他有點……兒子，面對現實吧，他真的有點『奇怪』。你要是和『魚咬死』走得太近，殘酷傻瓜部族、維西暴徒部族、沼澤盜賊部族和歇斯底里部族都會覺得你也很奇怪……他們會覺得你太溫和、太**軟弱**，到時，你會害全族被外敵威脅。」

「我明白了。」小嗝嗝難過地說。

「小嗝嗝，你要努力變得更『可怕』，」史圖依克拍拍兒子的肩膀，同情地看著他哀傷的小臉。放棄自己的好朋友很困難，可是史圖依克這麼說，完全是為了小嗝嗝好。「跟『魚咬死』當朋友的話，別人不可能怕你。兒子，放棄他吧。你看看你堂哥，**鼻涕粗**很適合當你的朋友，他天生就帶點危險的感覺，跟他站在一起，全蠻荒群島都會怕你。我有回答到你的問題嗎？」

「有的，父親。」小嗝嗝哀傷地回答。

偉大的史圖依克熱誠地拍拍兒子的背。

「好孩子。」他大聲說。「我就知道你能明白。好了，我們該為弗蕾亞日前夕遊樂會準備準備，遲到就不好了……老阿皺幫我占卜*了一下，他說毛流氓隊會拿到年輕英雄冰上敲棍球賽的冠軍，比分是十比二，所以我下了點賭注。

兒子啊，快去拿你的球棍跟溜冰鞋。」

小嗝嗝慢吞吞地去拿他的「敲棍」，憂傷地彎腰撿起溜冰鞋。

「老阿皺預知的未來通常不太準。」他提醒父親，但史圖依克沒在聽。

史圖依克很少專心聽他說話。

＊占卜是預知未來的意思

# 大家說龍語
# 大小便訓練

你：沒牙，逆小知窩要逆喀喀裡在綠爪嗯處……

沒牙，我叫你在龍馬桶裡大便，你明明**知道**的……

龍：喔是是，窩小知……

是，是，我知道……

你：（指向史圖依克床上一大坨大便）呃……問這？

那**這**又是什麼？　　　　**（沉默）**

龍（滿懷希望）：呃嗯……巧美點心？

呃……巧克力餅乾？

你：不是巧美點心，是喀喀，是喀喀沒牙不裡在綠爪嗯處，就嗚啦砰嘩裡在中間睡扳把拔。

沒牙，這才不是巧克力餅乾，這是**大便**，而且是**你**的大便。你**沒有**在龍馬桶裡大便，它就在我父親的床中間。

慶祝將至的春季

# 弗蕾亞日前夕遊樂會
# 節目單

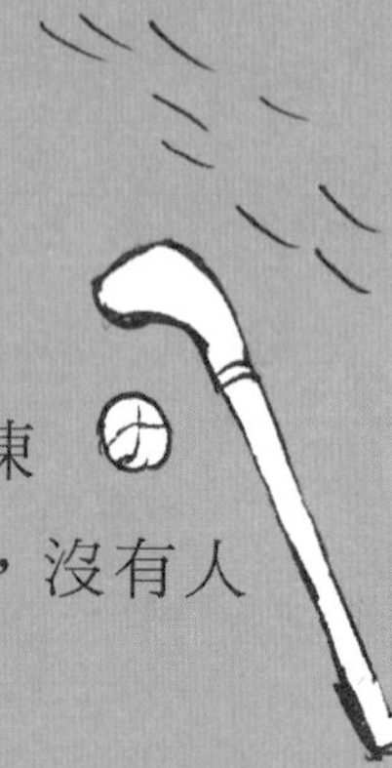

10:00　小英雄冰上敲棍球賽將在結凍的海港舉行。球賽沒有規則，沒有人性，沒有倖存者，沒有限制。

11:00　~~泥巴~~雪地摔角。大胸柏莎有沒有辦法蟬聯第三年雪地摔角大賽冠軍？有沒有人能打敗她的大胸呢？

12:00　來玩**冰塊猜猜樂**。把 500 樣日用品結凍成 500 塊一模一樣的冰塊，你能猜到冰塊裡是什麼、帶幾件實用的日用品回家嗎？

**全天供應：**章魚棒棒糖、烤少斑啄雪鳥及水母冰淇淋，一起慶祝新春！

# 第五章　冰上敲棍球

弗蕾亞日前夕遊樂會在每年的弗蕾亞日前一天舉辦，維京人會在這一天慶祝冬季結束，迎接新春。

今年的遊樂會將辦在結冰的毛流氓港中央。說來奇怪，六個月前海港滿是陰沉的灰色海水，現在卻到處是搭得歪七扭八的紅白條紋帳篷。有人生了大火堆在烤少斑啄雪鳥，維京人啃著烤鳥逛著攤位，買章魚棒棒糖、聽說書人講述神奇的故事，還目瞪口呆地看穿著溜冰鞋的大塊頭用頭頂著

侏儒表演特技。

冰上空出一塊區域，是維京人打冰上敲棍球的場地。冰上敲棍球這個遊戲非常粗暴、非常複雜，沒有人知道它的規則，只知道球員會用到敲棍、球和溜冰鞋，所以大家通常都邊打球邊揑造規則，誰不滿意就直接用拳頭解決。

小英雄會先比一場，接著是成年戰士的比賽。毛流氓隊的對手是沼澤盜賊部族的球隊，今天沼澤盜賊們也來毛流氓港共襄盛舉，慶祝弗蕾亞日前夕。

沼澤盜賊部族的戰士不僅令人望之生畏，還全都是女生，住在西方一座小島上。沼澤盜賊部族的族長——大胸柏莎——站在球場附近，正拿著啤酒杯大口大口地喝，不時搔搔下巴的鬍碴。

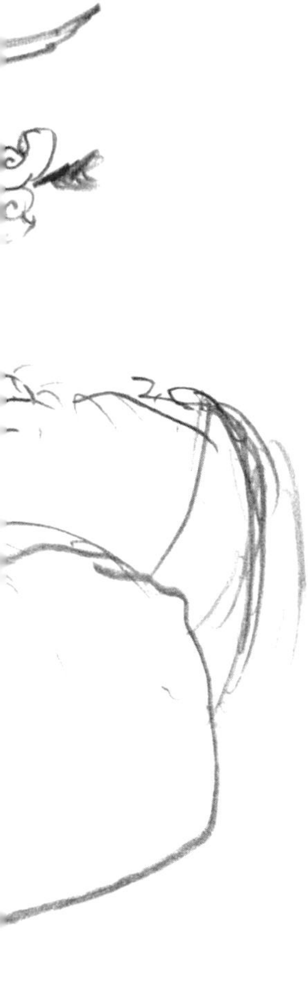

大胸柏莎心情很好……

柏莎的女兒名叫神楓，是個個子很小卻自信滿滿的女孩，頭髮比內海群島任何人都還要亂。她正在練習揮敲棍。

神楓是小嗝嗝的朋友，小嗝嗝走過去問她今早有沒有看到魚腳司。

「沒有。」神楓心情愉快地回答。「你們毛流氓男生最好祈禱諸神給予好運，因為我們沼澤盜賊等等就會在敲棍球場上把你們這些超弱的**男生**全部**打爆**。我猜毛流氓部族都不會打敲棍球——當然，只有你除外。」她補充一句。

自從小嗝嗝在陰邪堡*救了她一命，驚險逃過被鯊龍吃掉的命運，就一直很佩服小嗝嗝。

這時，鼻涕粗正好溜冰路過，他聽到神楓這麼說，笑得差點摔倒在冰上。

「小嗝嗝？」他訕笑著說。「**小嗝嗝**昨天射了幾隻少斑啄雪鳥，

*這是小嗝嗝的第三本回憶錄《馴龍高手III：陰邪堡的盜龍賊》發生的事。

今天就會進幾顆球。**我**殺了超過兩百隻鳥，小嗝嗝你殺了幾隻？喔——是零隻，對不對啊？」

小嗝嗝臉紅了，神楓則一臉驚訝。

**嗚嗚嗚嗚嗚！**「年輕英雄的冰上敲棍球賽即將開始，請毛流氓隊和沼澤盜賊隊到球場就位……」打嗝戈伯站在空地中央大喊。

戈伯是今天的裁判，他特地換上了最短的短褲。除了神楓，所有沼澤盜賊都是表情凶悍、虎背熊腰、綁著奇怪辮子、鼻子好像都被打斷了，而且大腿跟樹幹差不多粗的女生。

魚腳司在比賽開始前踉踉蹌蹌地來到球場，他看起來比昨天還慘，不僅不停打噴嚏和劇烈發抖以外，他還站不穩腳，不得不用敲棍撐住身體重量。小嗝嗝發現他的溜冰鞋穿反了。

小嗝嗝舉手吸引戈伯的注意。「老師，魚腳司好像身體不舒服。」他說。

「**胡說八道！**」戈伯大吼。「維京人才不會**生病**！只有廢物才會得流感！只有嬰兒才會感冒！只有娘娘腔才會傳染瘟疫！我這輩子從沒生過病，喉嚨一次都沒痛過。你不要再說了，我不想聽。」

小嗝嗝和魚腳司滑上球場，魚腳司幾乎滑不了冰，小嗝嗝還得扶著他前進。

「你看起來真的很慘。」小嗝嗝擔心地說。「你應該回家休息才對。」

魚腳司諷刺地大笑。「戈伯不是說了嗎？維京人才不會**生病**……我沒有生病，我只是想到要在天寒地凍的日子打敲棍球，就**興奮**得一直發抖……」

戈伯吹聲哨子，將冰球丟進球場讓兩隊爭球，瘋狂的球賽就開始了。

十個男孩和十個女孩毛茸茸的身體疊成一團，大家都拿木棍敲別人的頭。比賽開始不到兩分鐘，疣阿豬、阿呆、愛暴和危險多莉絲都癱倒在冰上，神楓不知怎麼衝出爭球的人群，正用超高速溜向小嗝嗝和魚腳司。魚腳司準備飛撲她，可是她把魚腳司的頭盔往下拉，趁他看不見時以高超的技巧將冰球敲向球門。

沼澤盜賊們歡快地高呼：

「得——分——！」

聽到他們的歡呼聲，魚腳司發生了詭異的變化。

他一把扯下頭盔，像準備衝撞人的公牛一樣直噴鼻息。

「糟了。」小嗝嗝想起魚腳司上次露出這種表情時遭遇的種種。

「魚腳司，等一下，不要衝動——」

「**犯規！**」魚腳司怒吼。

魚腳司溜向身材高大的裁判——打嗝戈伯——動作像極了在肥皂上亂滑的螃蟹。「**戈伯你這個大笨野蠻狒狒！你瞎了嗎？她犯規！**」

戈伯詫異地愣住，彷彿被盤子的粉紅小蝦子跳起來咬了一口。

「魚腳司，你說**什麼**？」戈伯震驚地吼道。

「**瞎了就算了，難道你連耳朵都有問題嗎？**」魚腳司尖叫。「**你比羊還蠢！跟水母下西洋棋一定會輸得很慘！**」

戈伯宛如即將爆炸的氣球開始膨脹。

「**打嗝戈伯，交給我來處理！**」偉大的史圖依克邊喊邊笨拙地溜到怪事發生的現場。

身高足足六呎半的史圖依克低頭看著魚腳司。「**年輕人，**」他大吼。「**我是你的族長。今天是特別的日子……現在發生的一切，全都被沼澤盜賊部族看光了。**」他指向笑彎了腰的沼澤盜賊。

魚腳司抬頭看著族長，沉默了片刻，然後……

「**大胖子！**」魚腳司尖喊。

偉大的史圖依克愣愣地盯著他。

「**肥屁股！**」魚腳司大叫。「**大肚子貪心吃貨族長，你是不是吃太多了啊？**」

偉大的史圖依克變得比龍蝦還紅。「**你好大的膽子，竟然對族長這麼沒大沒小沒禮貌！**」

魚腳司張嘴，打算繼續辱罵史圖依克，卻被小嗝嗝打斷。

「父親，他身體不舒服。」小嗝嗝急切地小聲說。「我覺得他的狂戰士模式出問題了……父親，拜託讓我送他回家，他需要回去休息……」

「那你送他回家。」史圖依克向小嗝嗝低吼。「可是兒子，你給我聽好，那孩子根本不配當毛流氓，更別提族長兒子的朋友了。」

一開始，魚腳司說什麼也不讓小嗝嗝把他拖走，但他在掙扎的過程中摔倒在冰雪中，終於恢復正常。

小嗝嗝越來越擔心，決定帶魚腳司去見老阿皺，看看外公有沒有辦法幫助魚腳司……

| 病症 | 老阿皺的治病方法 |
| --- | --- |
| 感冒 | 流鼻涕時，在兩邊鼻孔裡各塞一小根紅蘿蔔，記得**用嘴巴**呼吸。  |
| 腸胃不適 | 喝下一整杯活生生的蠼螋，這些蟲子會攻擊你小腸裡的細菌，把細菌吃掉……吧？ |
| 水痘  | 把老阿皺特製的海鷗便便藥膏塗在水痘上，這能舒緩癢感，還能讓你的朋友不敢靠近你，免得被傳染。 |
| 頭痛發燒 | 病人吃了老阿皺的美味特效藥——包在蜘蛛網裡的羊鼻涕和蒼蠅屍——會立刻生龍活虎地跳起來。  |
| 病毒感染 | 祈禱索爾救你。沒有人知道被病毒感染該怎麼辦。＊ |

※ 值得一提的是，一千五百年後醫學非常進步，人們**還是**不知道被病毒感染該怎麼辦。

# 第六章　老阿皺說的話

老阿皺是小嗝嗝的外公，住在海灘上一棟亂糟糟的大房子裡。他看到小嗝嗝、魚腳司和沒牙來拜訪他，開心得不得了，還請大家吃麥片粥。沒牙在溫暖的火爐前打盹，小嗝嗝和魚腳司的衣服剛才沾到雪水，正掛在椅背上滴水。

「小嗝嗝啊，你來找我是為什麼呢？」老阿皺點燃菸斗，喘著氣問。

「你可以看看我朋友嗎？」小嗝嗝說。「魚腳司身體不太舒服。」

老阿皺看向魚腳司，後者像被風吹得不停顫抖的葉片。

「唉唷，小嗝嗝！」魚腳司不耐煩地說。「我都說過多少次了，我只是**重感冒**……」

老阿皺嘖了幾聲。

老阿皺是毛流氓部族的智者兼占卜師，生病的人都會來給老阿皺看，他會看看你的狀況，問問諸神的意見，開給你超級噁心的藥方，例如兔子大便混帽貝黏液……至於藥效如何，就很難說了（診治病人和窺見未來都是複雜的學問——老實說，老阿皺有時也會出錯）。

老阿皺將自己瘦骨嶙峋的手放在魚腳司額頭上，又嘖嘖幾聲。「很燙，很燙。」他喃喃自語。「而且流了不少汗。」他拿出一個有點像喇叭的奇怪工具，傾聽魚腳司的心跳聲，又嘖嘖幾聲。

接下來，老阿皺把幾根小樹枝丟進火爐，用金屬長棍戳了戳火堆。

「我的媽啊！」老阿皺盯著紅色餘火，驚呼一聲。

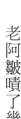

「聽起來像是好消息。」魚腳司顫抖著說。

「火焰告訴我，你的朋友被渦蛇龍螫傷，患了『渦毒病』。」老阿皺悲傷地告訴小嗝嗝。「你們最近有遇到渦蛇龍嗎？」

小嗝嗝肚子裡有種冰冷的感覺。

「我們是有遇到渦蛇龍……」小嗝嗝緩緩地說。「那是兩個月前的事了……逃離陰邪堡時，有一隻渦蛇龍掉到魚腳司手上……」

「可是我沒有被螫到！」魚腳司激動地說。「我沒有感覺到痛啊！」

老阿皺搖了搖頭。「渦蛇龍會在螫人之前讓你皮膚麻木，他們很厲害，你被螫的時候都沒感覺，當下沒有症狀，過兩個月渦毒病才會發作。」

「渦毒病有哪些症狀？」小嗝嗝發問。

「發燒……流鼻水……有時候瘋瘋癲癲的……」老阿皺沉重地回答。

小嗝嗝覺得自己的肚子比冰塊還要冷，但他努力樂觀地說：「那我們要怎麼把他治好？」

老阿皺的語氣更沉重了。「這個嘛……」他沙啞地說。「這就是問題所在了……被渦蛇龍螫傷的人幾乎**一定會死**。」

一片令人窒息的沉默。

「好消息是，」老阿皺接著說。「你朋友明天早上十點才會死，還有時間找解毒劑＊。」

「太好了，」小嗝嗝鬆了一大口氣。「原來有解毒劑啊……」

魚腳司聽得目瞪口呆。「可是我只是得了**重感冒**！」他抗議道。「我怎麼可能明天死掉！」

小嗝嗝不理他。「解毒劑是什麼？」他問老阿皺。

「這就是問題點……」老阿皺繼續用氣音說。「渦蛇龍毒的解毒劑，是『沒人敢說出名字的植物』。」

「你是說**馬鈴薯**嗎？」小嗝嗝驚呼。

「噓——」老阿皺焦急地亂揮手，叫他閉嘴。「**不可以說出它的名字！會帶來厄運！**」＊＊

＊解毒劑是一種藥。

＊＊在那個時代，馬鈴薯只生長在美洲，而且歐洲人還沒發現美洲大陸。

「可是『馬鈴薯』是人們**想像出來**的植物耶！」小嗝嗝說。他覺得什麼好運、厄運不過是迷信。「世界上又沒有這種東西！」

「有人說，這種『沒人敢說出名字的植物』生長在西方一片廣袤的陸地，那個地方名叫美洲……」老阿皺指出。

「可是大部分的人都覺得『美洲』根本不存在。」小嗝嗝緩緩地說。「大部分的人覺得那也是想像出來的地方，只有瘋子和怪胎相信它真的存在。大部分的人相信世界跟鬆餅一樣扁平，如果一直往西方航行，就會從世界的邊緣掉下去。」

「大部分的人**的確**是這麼說的。」老阿皺承認。他聳了聳肩膀，繼續吸菸。

「**就算**真的有美洲，也真的有馬鈴薯這種植物，」小嗝嗝接著說。「我們也不可能在**一天之內**開船去找到解毒劑，再開船回來，一天時間根本不夠我離開乖戾海……你說的是『不可能的任務』。」

「小嗝嗝啊，世界上沒有『不可能』的事，」老阿皺哼著鼻子說。「只有『不**太**可能』的事。唯一的限制，就是你的想像力……我以前還覺得你是個想像力很豐富的孩子呢。如果你想放棄，那就放棄吧……可是我一直覺得你是個無論如何都不會輕言放棄的孩子，難道你變了嗎？」

「好吧，」小嗝嗝不悅地道。「你告訴我，我為什麼不該放棄？」

「我告訴你，」老阿皺說。「歇斯底里部族的族長——瘋子諾伯——可能有渦蛇龍毒的解毒劑。」

小嗝嗝嚇一跳。「**瘋子諾伯**？」他重複道。「他怎麼會有**馬鈴薯**？他是怎麼弄到馬鈴薯的？」

「我來說說瘋子諾伯的父親與末日牙龍的故事吧。」老阿皺說。

「好喔。」小嗝嗝說。他光是**聽到**別人提起瘋子諾伯，就感到焦慮不安。

老阿皺重新點燃菸斗。「小嗝嗝，我必須先警告你，」他抽著菸說。「這則故事和其他許多故事一樣，可能是真實故事，也可能**不是**……」

**瘋子諾伯的父親與末日牙龍的故事**

**「十五年前，」**老阿皺說。「**歌斯底里部族的族長是大賈伯，也就是瘋子諾伯的父親……歌斯底里人一直不相信世界是平的，也不相信一直往西航行就會從世界邊緣掉下去，他們覺得這說法很荒誕。大賈伯相信世界跟月亮一樣圓，想用行動證明這件事。**

「**大賈伯造了一艘超大的維京船，取名『美國夢號』。他開著這艘船往西航行很遠、很遠，穿過跟奧丁的噩夢一樣黑暗狂亂的暴風雨，經過比船桅還要高的冰山，又繼續航行很遠、很遠，穿過大綠海漠。無論航行多久，就是沒看到世界的盡頭，這是因為世界是圓的，圓永遠不會有盡頭。**」

小嗝嗝終於忍不住了。「這是真的嗎？」他插嘴。「世界真的是沒有盡頭的圓嗎？」

「我不曉得。」老阿皺平靜地回答。「我之前也說了，這是一則故事，故事

是真是假我不知道。乖，安靜聽我把故事說完。

**「大賈伯在海上航行了很久、很久，彷彿過了一輩子，最後，他終於找到他朝思暮想的美洲。那是一片美麗的大地，到處是大自然的珍寶，其中包括『沒人敢說出名字的植物』，那裡還住著一些友善的土著，大賈伯叫他們『羽毛人』。大賈伯在美洲快樂地生活了幾個月，才回到他在內海群島的家。**

**「諾伯的父親回來時，帶了一顆結凍的『沒人敢說出名字的植物』，這樣其他人才會相信他真的找到美洲了。回家途中，大賈伯總覺得他的船被跟蹤了，一開始他以為跟蹤他的是鯨魚或鯊魚，後來卻發現，那是遠比鯨魚或鯊魚還要可怕的東西──那是一隻名叫『末日牙龍』的巨大海龍。」**

「好奇怪喔。」小嗝嗝又插嘴說。小嗝嗝相當瞭解龍族，他知道末日牙龍雖然皮粗肉厚、擁有尖牙利爪，但牠們平常

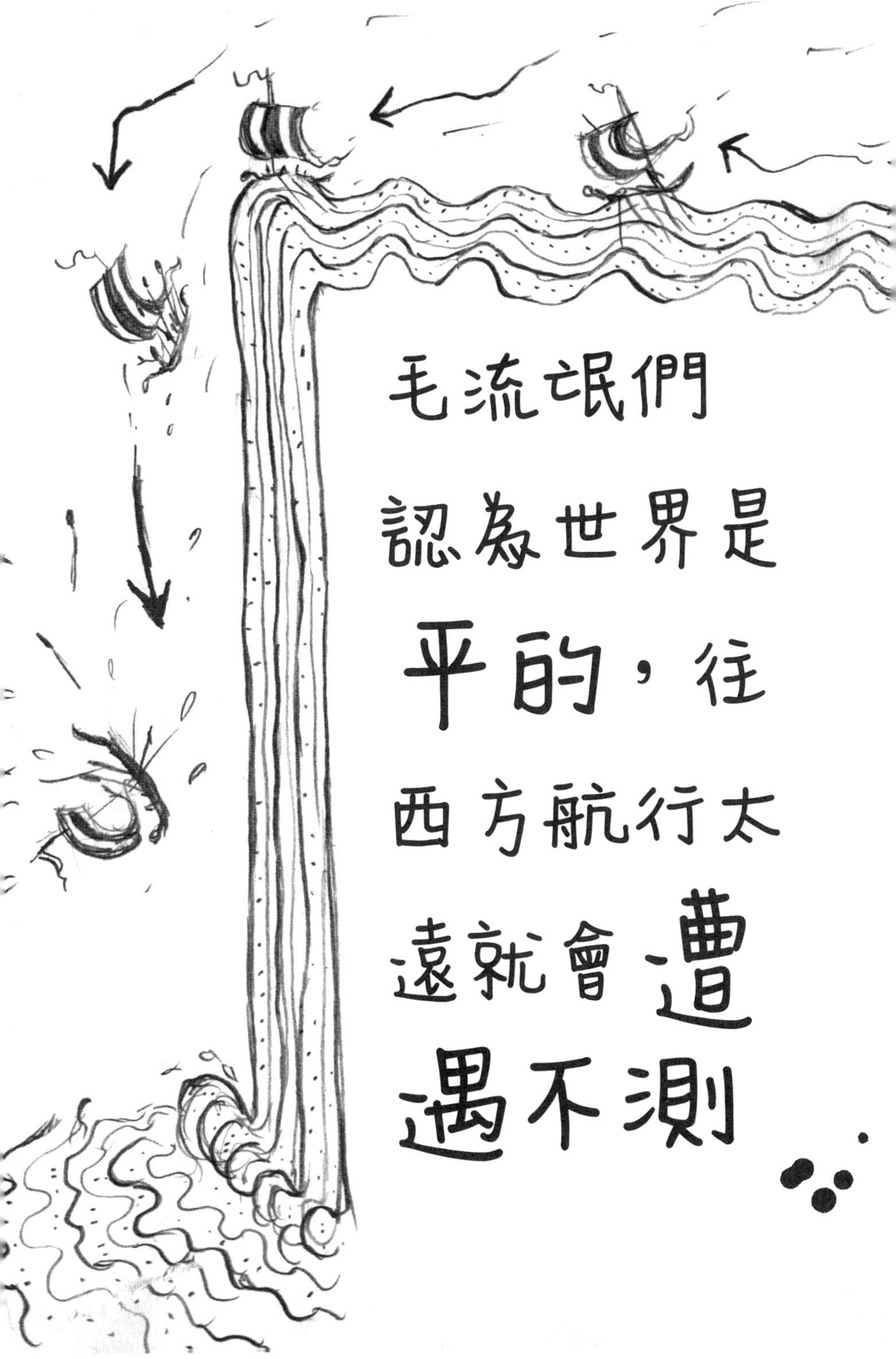
毛流氓們
認為世界是
平的，往
西方航行太
遠就會遭
遇不測

不太理睬人類，跟蹤人類船艦這種行為更是聞所未聞。

「你一定要一直打斷我嗎？」老阿皺說。

**「巨龍宛如可怕的詛咒，一路從美洲跟隨大賈伯的船回家，大船來到索爾之怒海峽時，末日牙龍終於發動攻擊，企圖把整艘船吞下肚。大賈伯非常勇敢，他騎上他的雷龍，對末日牙龍射了一箭又一箭，這些是羽毛人送給大賈伯的箭，羽毛人特別擅長造箭，他們的箭比尋常箭矢尖銳許多。大賈伯把所有的箭都射完，只剩下最後一支時，他終於被末日牙龍殺死了。從那天以後，末日牙龍就一直待在索爾之怒海峽，過去十五年來一直沒人能登上歇斯底里島，也沒人能離開那座小島。歇斯底里部族現任族長是瘋子諾伯、大賈伯的兒子，他到現在還忘不了被末日牙龍殺死的父親，據說他把結凍的『沒人敢說出名字的植物』珍藏在小箱子裡，植物的狀態和十五年前一樣完好。**

「我說完了。」老阿皺說。「這就是瘋子諾伯的父親與末日牙龍的故事。當然，你也知道，在天寒地凍的時節索爾之怒海峽會結冰，末日牙龍被困在冰層下，從這裡坐雪橇到歌斯底里島只要三個小時。」

小嗝嗝一躍而起。「我知道。」他說。「我們昨天才剛從那裡回來。不能浪費時間了……我得去歌斯底里島找解藥。」

魚腳司看著小嗝嗝，目瞪口呆。「你在說什麼啊……**你要回歌斯底里島**？那是我這輩子去過最陰森、最詭異、最可怕的地方，你還想**天黑**以後回去？」

「天黑了，歌斯底里人才不會看到我啊。」小嗝嗝指出。

「你在瘋子諾伯的屁股上**射了一箭耶！**」魚腳司高呼。「你以為你可以禮貌地請他把珍貴的美洲植物送給你嗎？」

「我可能要用偷的。」小嗝嗝承認。

「而且，這全都是因為老阿皺的**占卜**!?全部族的人都知道，老阿皺的占卜技術就跟你嚇唬外國人的能力差不多爛。」

「謝謝你啊。」老阿皺嘀咕。

魚腳司還沒說完。「我都說多少次了……我只是**重感冒**而已……我……哈——哈——哈——啾!!我覺得不太舒服，能讓我躺下來休息一下嗎？」

「別客氣，」老阿皺說。「我的床給你用吧……我幫你泡一杯熱騰騰的檸檬蜜。小嗝嗝，你記好了，魚腳司明天早上十點就會死，你得在那之前找到解藥……是早上**十點**喔……」

小嗝嗝把魚腳司交給老阿皺照顧，自己則風風火火地跑出門，他這下終於發現，魚腳司的時間不多了……

那時候的小嗝嗝還不知道，這將是他這輩子目前為止最驚悚、最可怕、最駭人的一場冒險……他將展開旅途，和時間賽跑、與危險冰霜中的可怕怪獸相遇。未來，這段冒險將永遠被吟遊詩人歌頌——《尋找冰凍馬鈴薯歷險記》。

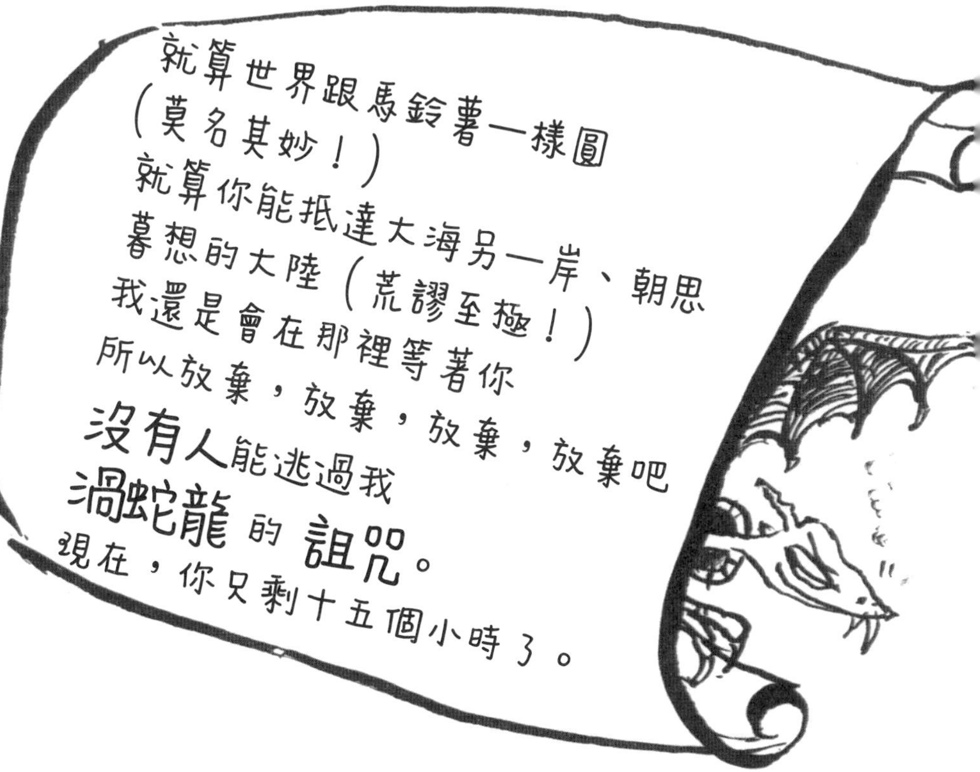
就算世界跟馬鈴薯一樣圓
（莫名其妙！）
就算你能抵達大海另一岸、朝思
暮想的大陸（荒謬至極！）
我還是會在那裡等著你
所以放棄，放棄，放棄，放棄吧
沒有人能逃過我
渦蛇龍的詛咒。
現在，你只剩十五個小時了。

# 第七章　尋找冰凍馬鈴薯歷險記

小嗝嗝快步離開老阿皺的家，朝毛流氓港與遊樂會會場前進，不停低聲咒罵的沒牙跟在他身後。才走了大概六百公尺，小嗝嗝就對自己接下來的行動充滿信心。

他會向父親解釋這一切，請父親組織尋找冰凍馬鈴薯冒險隊。毛流氓部族一天到晚都在冒險，派人去找馬鈴薯應該不算什麼吧？

可是小嗝嗝找到正在玩冰塊猜猜樂的父親時，他的自信突然消失了。

史圖依克看到自己的獨子，心情並沒有平時那麼好。他原本下了大賭注，賭毛流氓隊的年輕英雄會在冰上敲棍球賽中勝過沼澤盜賊隊，結果毛流氓隊被殺得片甲不留，對方得十四分，毛流氓隊卻一分也沒有。此時此刻，史圖依克的心情一點也不好。

「**可惡**，老阿皺根本不會占卜嘛，什麼『毛流氓隊會輕鬆獲勝』，什麼『就梭哈下去吧』——結果呢？沼澤盜賊隊贏了，而且是十四比**零**。我早該知道他料得不準。」史圖依克喃喃自語，邊從冰塊猜猜樂的籃子裡拿出一大塊冰，試著猜出冰在裡頭的是什麼東西。是魚嗎？實用的斧頭？還是小椅子？

「父親，」小嗝嗝堅決地說。「我要去冒險。」

史圖依克詫異地看著兒子。「什麼樣的冒險？」

「你還記得魚腳司嗎？他是我的朋友。」小嗝嗝說。

史圖依克不悅地抹了抹鼻子，低哼一聲。

「老阿皺說魚腳司今天攻擊你，是因為他被渦蛇龍螫傷，得了渦毒病，現在出現初期症狀了，有時候會瘋瘋癲癲的……父親，重點是，如果沒在時限內找到解藥，老阿皺說魚腳司會**死掉**……」

史圖依克神情很複雜，他似乎不知道該開心還是難過……他看到兒子的臉，連忙擺出難過的樣子。

「呃……嗯……天啊……」史圖依克說。

「所以我想展開尋找解藥的冒險。」小嗝嗝宣布。

「解藥是什麼？」偉大的史圖依克問。

「老阿皺說解藥是馬鈴薯。」小嗝嗝說。

「噓噓噓——！」史圖依克說。「不可以說出它的名字！小嗝嗝，『沒人敢說出名字的植物』是人們**想像**出來的，這你應該知道吧？」

「老阿皺說歇斯底里人去過美洲，還帶了一顆冰凍的馬鈴薯回來。」小嗝嗝固執地說下去。「我想找到那顆馬鈴薯，拯救魚腳司。」

「**我不准你去！**」史圖依克大吼。

「如果我們不相信世界上存在馬鈴薯，那魚腳司就**死定了**！」小嗝嗝也對父親大吼。

偉大的史圖依克火大了，開始亂揮手裡不知是什麼的冰凍物品。他對兒子大吼大叫，聲音震得可憐的小嗝嗝都耳鳴了。

「**那個魚腳司是小怪胎，而且他說我是大肚子肥屁股貪心吃貨！**」

小嗝嗝彷彿被揍了一拳，整個人瑟縮一下。史圖依克慚愧地控制自己的脾氣，伸手拍拍兒子的肩膀，努力用理性的口吻說話。

「兒子，聽著，我知道你跟你的朋友很要好，不想看到他死掉。假設老阿皺說得對，我們假設他沒有亂講話好了——就算是這樣，我身為族長也**不能**讓我唯一的兒子為一個被命運惡整的小怪胎拚命。」

「幫助族人不是族長的『責任』嗎？」小嗝嗝語氣平穩地說。「魚腳司沒有家人，只有我們能照顧他了。」

「你**不准**去。」史圖依克意味深長地說。「兒子，我**禁止**你去，這是我的命令——這是**族長**的命令。」史圖依克將不知是什麼的冰塊放在頭上（他覺得那是「頭盔」），大步離開。

不幸的是，如果你冒險的目的是拯救生病的好朋友，就沒有好朋友能陪你去冒險了。小嗝嗝看著父親頂著貌似冰凍的椅子的東西走遠，難過地想：如果要自己展開尋找冰凍馬鈴薯大冒險，他活著回來的機率應該非常低。

**不是「不可能」**，他哀傷地想。**但我不得不承認，我「不太可能」成功**。

這時，神楓的頭從冰塊猜猜樂的桌子下冒了出來。

「你剛剛是不是提到『冒險』兩個字？我們什麼時候出發？」

「神楓……偷聽別人講話很沒禮貌。」小嗝嗝說。

神楓從桌子底下爬出來，手腳並用地走路，腳上還穿著溜冰鞋。

「沼澤盜賊沒事都在偷聽別人講話，」她愉快地說。「你

呃……族長……你頭上為什麼有

**椅子**啊？

帶我一起去找冰凍馬鈴薯，我一定能幫上忙。」

「**妳**不能去尋找冰凍馬鈴薯大冒險，」小嗝嗝說。「太危險了。」

「危險？**呸！**」神楓自傲地說。「我都偷過維西暴徒部族**好幾群羊**了……還偷過危險海盜口袋裡的東西……還有凶殘瘋肚戴在頭上的頭盔，你覺得偷『植物』難得倒我嗎？我沒問題的。親愛的小嗝嗝，你好好看著我，好好學習就對了。」

小嗝嗝仰頭望向天空。神楓什麼都好，就是自大了點，但他不得不承認，神楓是個很厲害的盜賊。

「歇斯底里部族有個拿斧頭的瘋子……」小嗝嗝指出。

「太棒了，」神楓說。「我**最喜歡**捉弄拿斧頭的瘋子了，這是我最最最喜歡的活動。如果你不讓我加入冒險隊，我就把你的計畫告訴你又氣又胖的父親。」

「妳怎麼可以威脅我！」小嗝嗝抗議。

「你看，」神楓笑吟吟地說。「沼澤盜賊沒有道德觀念，所以我們活得很輕鬆。」

小嗝嗝放棄了，他告訴神楓，她想加入就加入吧。

神楓一溜煙跑去拿她的竊盜工具，小嗝嗝則著手準備前往歇斯底里島用的小雪橇。

他還把他的小船——海鸚希望號——拖過來裝上滾輪，到時候可以綁在雪橇後面拖著走。

「你在做什麼啊？」神楓抱著一堆繩索和奇形怪狀的尖銳金屬物品回來時，好奇地問小嗝嗝。

「春天快到了，海上的冰層可能會裂開，如果真的裂了，就得乘船渡過乖戾海。」小嗝嗝回答。他努力不去思考冰層「真的」融化會發生什麼事——如果冰層融化了，除了現在的各種問題外，他們還得面對恐怖的末日牙龍。

小嗝嗝去找獨眼龍，對這隻碩大的劍齒拉車龍說明他們遇到的問題，獨眼龍聽完後嘲諷地大笑。

「噁心的人類小男孩，你聽好了，我不知道你為什麼認為我會想幫你。我不是你老媽，我『痛恨』人類，我跟你發誓，我永、遠、永、遠、不會為死去的無腦人類浪費眼淚。」

「喔？」小嗝嗝狡猾地說。「解藥能救的不只有魚腳司，還有很多人、很多『龍』的性命。每年都有數千隻龍死於渦毒病，龍族也需要渦蛇龍毒的解藥。等我把冰凍馬鈴薯帶回來，我會在博克島上種馬鈴薯，以後再也不會有龍死於渦毒病了。」

獨眼龍聽了很心動，因為牠雖然痛恨人類，卻也深愛龍族同胞。五分鐘後，獨眼龍配合地讓小嗝嗝把牠套在雪橇前。

經過史圖依克身旁時，小嗝嗝說他打算去鼻涕粗家過夜，史圖依克聽了大喜過望。

「兒子，太好了！」史圖依克大吼。「你終於肯聽我的建議，找個更好的朋友了。小嗝嗝，你做得很好。」

攀爬和擺盪
用的繩索
裝贓物的背包
很多祕密口袋
撬鎖用
的工具
劍
護目鏡
急用小匕首
抓地力特別好的釘鞋

# 神楓的竊盜工具

「所以呢，」小嗝嗝爬上雪橇，在神楓身旁坐下。「我們現在可以跑去歐斯底里島，把馬鈴薯偷走，然後在時限內把馬鈴薯送到魚腳司那邊了。重點是，我父親根本不會知道我們不在島上。」

只有鼻涕粗注意到拖著小船的小雪橇偷溜出毛流氓港，載著展開尋找冰凍馬鈴薯大冒險的小嗝嗝和神楓，朝歐斯底里島前進。

鼻涕粗暗暗祈禱小嗝嗝要去的地方很危險，如果小嗝嗝**永遠回不來**，那就更好了。

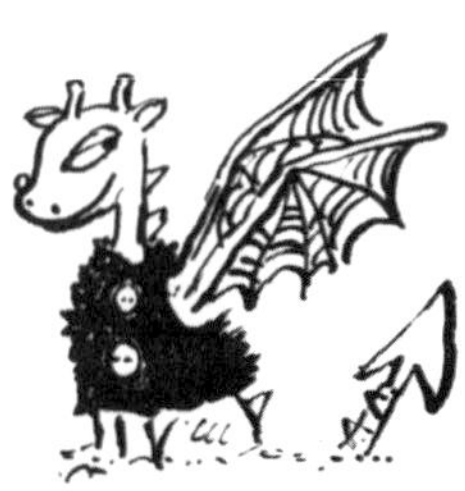

# 第八章　索爾之怒海峽

獨眼龍拉著雪橇在冰上高速前進，有一、兩次小嗝嗝不得不拉扯韁繩，試著叫牠慢下來，可是劍齒拉車龍根本不理他，小嗝嗝只好放棄。「反正我們越快抵達歇斯底里島，對魚腳司越好。」他提醒自己。雪橇在冰上飛速前行，刺骨的寒風一陣陣拍在小嗝嗝臉上，撕扯他的眼皮。

海鸚希望號像隻拚命想跟上瘋狂母親的醜小鴨，在雪橇後方上下彈跳，幸好它雖然其貌不揚，船身卻還算堅固，撞幾下、敲幾下也沒什麼關係。小嗝嗝為這次旅程準備了一些零食，才出發三分鐘食物就被沒牙吃光了，雪橇上到處都是碎屑、雞骨頭和蛾螺殼。

「沒牙好冷、冷、冷……」牠哀怨道。「沒牙好餓、餓、餓……沒牙好－無－聊－痛痛痛痛……神楓壓、壓、壓到我的尾、尾、尾巴了啦……我們到了沒？」

「我們五分鐘前才剛出發，怎麼可能快到了！」小嗝嗝罵道。

「沒牙要玩猜謎。」沒牙頑固地說。

一開始，神楓的心情好得不得了，她說個不停、大聲唱歌，藍色雙眼興奮得閃閃發亮。

隨著時間慢慢流逝，他們玩了第五十二次猜謎遊戲（小嗝嗝負責為沒牙翻譯），天空罩上了粉紅色與灰色夜幕，經過左方的迷宮千島，遠遠聽見末日牙龍在冰層下呻吟……就連神楓也靜了下來。

小嗝嗝叫獨眼龍等天色暗一些再轉彎進入索爾之怒海峽，以免被歇斯底里部族的守衛發現。

一行人在原地緊張兮兮地等了半個小時，覺得天色夠暗時，小嗝嗝才拉動獨眼龍的韁繩，叫牠繼續前進。

惡徒島和歐斯底里島高聳的海崖矗立在兩旁的黑暗中，獨眼龍奔入索爾之怒海峽，兩岸海崖將疾行的小雪橇夾在中間，宛如令人頭暈目眩的監獄高牆。

龍的眼睛會在黑暗中發光，所以獨眼龍的大眼睛就像是探照燈，照亮了前方的路。狹窄的海峽裡，冰層近乎透明，小嗝嗝藉著獨眼龍眼睛的光往下看，彷彿隔著一層兩公尺厚的毛玻璃望向海裡。**真有趣**，小嗝嗝從雪橇側面往下看，不禁心想。**那邊有一群鯖魚耶……**

數以百萬計的一大群小魚在海裡優游，這時，牠們不知為何突然像爆炸的小火星般四散逃竄，一個大得不可思議的陰影出現在冰層下。那是龍的身影——一隻和山一樣大的巨龍——牠毫不費力地在小雪橇下方優游，長尾巴悠閒地幫助牠前進，在水中緩緩拍動的巨翅差一點就要碰到海峽邊緣。

「是末、末、末日牙龍！」沒牙在小嗝嗝耳邊小聲說。「我們回、回、回家好不好……」

小嗝嗝驚嘆又害怕地往下看，巨龍剛好側過頭，小嗝嗝就和一顆跟雪橇一樣長的充血綠色大眼對上眼。

那顆眼睛彷彿集結了全世界所有的綠色，豌

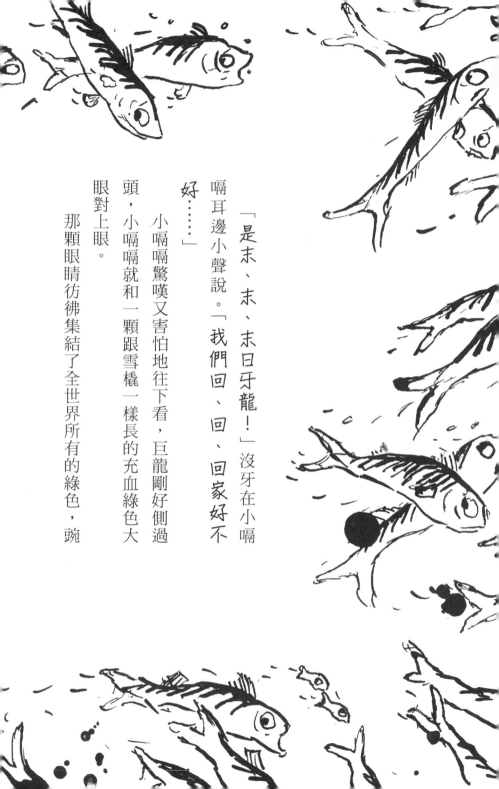

豆、青草、菠菜、樹葉、豆子和青蛙的綠色統統濃縮成一顆眼睛——一顆綠得如純粹的強酸的大眼睛。看著那顆眼睛，就像透過綠色的巨大顯微鏡看正午的太陽，小嗝嗝突然一陣暈眩，差點摔下雪橇，讓他回過神的是冰下可怕的撞擊聲：「**砰！**」雪橇下的冰層突然往上一跳，雪橇也跟著向上彈，獨眼龍短暫地飛起來，不滿地號叫一聲。

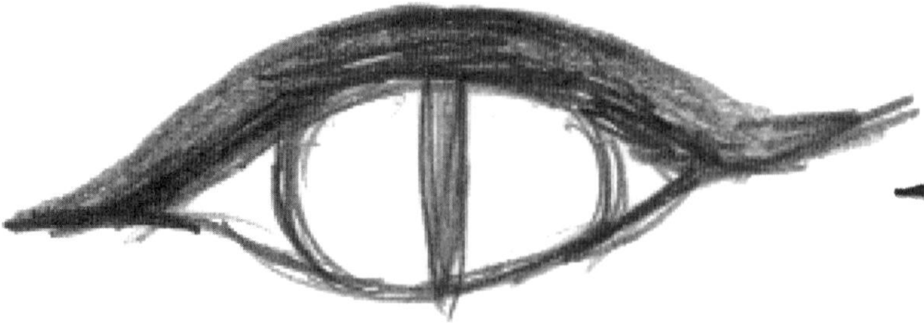

# 末日牙龍

**末日牙龍是開放海域的巨型掠食動物，很少有人有機會看到牠。牠不僅有恐怖的尖牙利爪，還能噴出奇妙的藍色火焰，把獵物「凍死」。**

---

## 統計資料

顏色：比你最黑暗的噩夢還黑。

武器：恐怖的尖牙利爪，還有奇特的冰龍火，藍色火焰能把你活活凍死。

恐怖：………………9

攻擊：………………9

速度：………………9

體型：………………9

叛逆：………………9

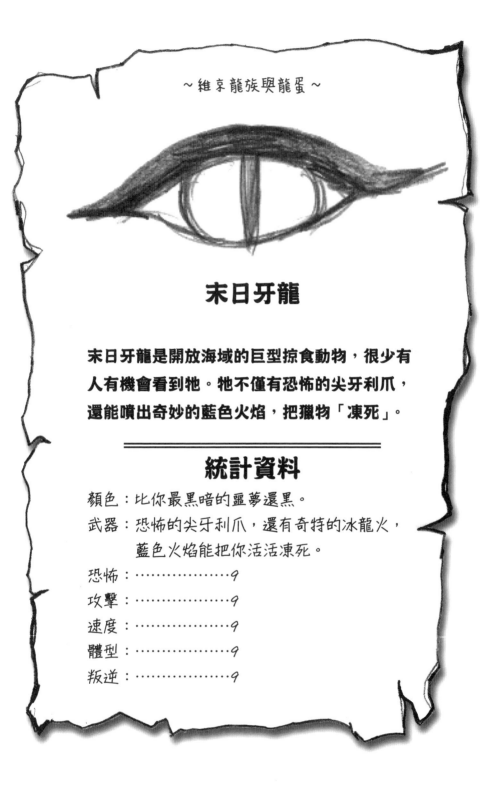

末日牙龍用頭撞擊透明的厚牆，冰層又「**砰！**」一聲。小嗝嗝心裡非常害怕，但他發現冰層厚到一時間無法撞破，偷偷鬆了口氣。然而，冰層沒有破，卻多了許多細小的白色裂紋。

雪橇疾駛向歇斯底里港，宛如衝向老鼠洞的小老鼠，末日牙龍在冰下尾隨，邊游泳邊用頭大力碰撞冰層。獨眼龍轉進海港時，速度快到拖後方的小船差點來不及轉彎，小雪橇差點在冰上尖響著轉一大圈。雪橇一邊的滑行板離地，歪斜地取得片刻平衡後才重重撞在冰上，小雪橇繼續前行。

回頭一看，小嗝嗝看到體型太大無法擠進海港的末日牙龍堵在海港窄小的入口，牠碩大的頭勉強擠進歇斯底里港，尖銳的長爪撕扯著海水，血盆大口憤怒地張開，但小嗝嗝聽不到牠的怒吼。牠在水裡呼出一大口藍色龍火，火焰噴到小雪橇下方，直線射到前方的海岸，彷彿一條為他們指引方向的鮮藍色道路。

「他生氣了。」雪橇沿著鮮藍色道路前進時，神楓笑嘻嘻地說。「那隻末日牙龍**心情超級差**。」

「希望我們偷到馬鈴薯、準備逃走的時候，冰層還沒被撞破。」小嗝嗝顫抖著說。「那隻巨龍只要嘴巴一咬，我們全都死定了！」

獨眼龍在冰原邊緣陡然停下腳步，小嗝嗝爬下雪橇，兩條腿比水母還軟，不停打顫。傍晚已經蛻變成真正的夜晚，鮮藍色道路成了淡淡的藍綠色，而後緩緩消失。

海港除了他們以外沒有任何人，他們暗暗感謝索爾保佑。岩岸上擱著幾百艘歇斯底里部族的船，即使半埋在雪中，小嗝嗝還是看得出它們已經十五年沒在海水中航行，簡直是幽靈船了——破破爛爛的船帆掛在歪斜的桅杆上，雪中凸出的船槳與船舵不是快爛掉就是斷成兩半了。

小嗝嗝派沒牙去刺探歇斯底里村的狀況，小龍心不甘情不願地在黑暗中振翅飛走。

「為什麼每次都是沒、沒、沒牙在做這種事？」沒牙抱怨。

「因為你有翅膀。」這句話小嗝嗝不知道說過多少次了。他解開綁著獨眼龍的繩子，神楓邊愉快地在旁哼歌，一邊拿出她所有的竊盜工具，把外型有趣的尖銳工具塞進口袋，穿上鞋底有尖刺的鞋子，還把長長的繩索纏在腰間。

平常陪小嗝嗝冒險的人都是魚腳司。魚腳司總是很害怕，也總是愛問為什麼「又」會有生命危險。現在看到神楓把整場冒險當成出門踏青，感覺倒是很新鮮。

他們穿上滑雪屐，等沒牙找到歐斯底里村的確切位置並回來告訴他們後，就會出發。沒牙不知從哪裡飛了回來，突然降落在小嗝嗝肩膀上，害他們嚇一大跳。

「那邊好可、可、可怕。」沒牙喘著氣說。牠的眼睛在黑暗中散發微光。「歐斯底里人在吃弗蕾亞日前夜大餐……看起來很好吃。」

小嗝嗝把沒牙說的話翻譯給神楓聽，神楓馬上站起身。「很好，」她說。「說不定他們專心吃東西，就不會注意到我們了。走吧。」小小冒險隊沿著小徑爬上海崖，獨眼龍走在最前面拖著小嗝嗝和神楓，牠唯一的眼睛在黑暗中閃閃發亮。

# 第九章　此時此刻，博克島上……

此時此刻，在博克島上，魚腳司發著高燒，身體像困在蜘蛛網上的蒼蠅一樣虛弱，不停地胡言亂語。老阿皺默默用冷水幫他洗頭，也試著餵他喝一些很淡的茶。

「住手……乾乾皺皺的……老螃蟹鉗。」魚腳司虛弱地試圖躲開老男人的手，但他幾乎沒力氣動了。

「他們**一定**要在早上十點前回來。」老阿皺喃喃自語。「他的病情惡化得太快了。」

「別擔心，」魚腳司直視老阿皺蒼老而憂慮的雙眼，輕聲說。「小嗝嗝會成功的。小嗝嗝**每次**都能成功……原因是什麼，只有索爾知道了。」說著，他又語無倫次了起來。

與此同時，乖戾海中央傳出詭異的聲響，有點像老人彎曲膝蓋的聲音，也像巨手敲門的聲音。

冰層開始龜裂。

魚腳司離死亡越來越近了……

# 第十章　歐斯底里島的弗蕾亞日前夕

在獨眼龍的幫助下，小嗝嗝和神楓爬上崖，地面持續往上傾斜，繼續走下去就是歐斯底里山，以及沐浴在黑暗中的歐斯底里村。

獨眼龍把兩個小維京人直接拖到村落外牆前，神楓拿出她事先準備的繩索。

她把綁著鐵鉤的繩索往上拋，第一次就勾到木牆牆頭，接著像隻金髮小猴子般拉著繩子爬上牆，消失在另一側。獨眼龍撐開翅膀，跟著飛過牆頭。

小嗝嗝深吸一口氣，抓住繩子往上爬，邊爬邊努力無視牆頭那些對著他燦笑的骷髏頭。

他們是十五年來第一批造訪歇斯底里島的人。

歇斯底里村乍看之下空無一人。

街上沒有人，屋子裡也沒有燈光。

倒是村子的集會堂燈火通明，好幾個煙囪都冒著煙，樂聲與笑語聲從窗戶傳出。

奇怪的是，集會堂旁邊有個龐然物品靠在好幾根大樹幹上——那是小嗝嗝看過最大、最大的維京船艦。把船放在離海這麼遠的地方，好像有那麼點奇怪，但小嗝嗝轉念一想，歇斯底里人已經十五年沒有航海了，把船放在村子中心跟泊在海邊好像差別不大。

那真是一艘壯觀的船啊……

比起傳統的維京船，它的深度和長度更像羅馬帆船，而且小嗝嗝還是第一次看到有**三根**桅杆的維京大艇。船頭有尊張牙舞爪的猛烈凶魘雕像，順著船頭看過去，小嗝嗝看到漆在船身上的「美國夢號」四個大字，興奮得心跳加速。

也許老阿皺說的故事是**真的……**

這艘船和小嗝嗝在海港看到的破船不一樣，它保養得很好，即使村子其他地方都埋在兩公尺深的雪裡，美國夢號還是一塵不染，甲板上完全沒有積雪。它似乎剛上過一層漆，中間的桅杆高掛著歐斯底里部族的旗子，船槳也都擺在划槳的位置──美國夢號彷彿隨時會出航，前往遙遠的彼岸。

「我們應該爬到集會堂的屋頂上，偷聽他們說話。」神楓小聲說。她這次連用繩索的功夫都省下了，她像隻青蛙徒手爬上光溜溜的牆壁，手上像是有小嗝嗝看不見的吸盤。到了屋頂上，神楓垂下一條繩子讓小嗝嗝抓著，再由獨眼龍把小嗝嗝拉上屋頂。

集會堂屋頂上積了厚厚一層雪，幾乎深及小嗝嗝的大腿，所以只能由神楓在前面開路，小嗝嗝勉強在雪中爬行，努力不脫隊。神楓爬到屋頂中間那根沒有冒煙的煙囪旁，和小嗝嗝一起湊過去往下看。

一股熱風撲面襲來，把臉湊到煙囪正上方的小嗝嗝不得不閉上眼睛，他

的手被熱風吹得快速變暖，隱隱生出灼痛感。過了片刻，小嗝嗝泛淚的眼睛終於適應了屋裡的溫暖與亮光。

煙囪之下，歇斯底里人正享受著豪華的盛宴，集會堂的長桌上堆滿了用各種方式烹調的山珍海味，有整頭的雄鹿、全豬，還有滿到溢出來的啤酒杯與水果酒。桌子一端，有個喝醉了的大漢在桌上跳舞，其他歇斯底里人大笑著對他丟食物和椅腳。

六個巨大的爐灶裡燃著熊熊大火，地上鋪了北極熊毛皮做的巨大白毯，牆上掛著形形色色的龍頭和小嗝嗝沒看過的數種動物頭顱，其中一種看起來像一臉憂鬱的巨鹿，還有類似長滿黑色捲毛的大公牛。

一幅畫在鹿皮上的蠻荒世界地圖掛在北面牆上，地圖上的西方原本畫著代表「世界盡頭」的大瀑布，大部分維京人的地圖上都有這座瀑布，可是歇斯底里人的地圖上，瀑布被劃掉了，還用炭筆草草畫了一座名為「美洲」的島嶼。

小嗝嗝看到一個金髮金鬍子的大塊頭坐在長桌首座，那個人無疑是瘋子諾

伯，也就是昨天被小嗝嗝一箭射中屁股的大漢。小嗝嗝的心不停往下沉。

瘋子諾伯的寶座放了幾個柔軟的坐墊，但他好像屁股很痛，不時在位子上調整姿勢、扭動身體。

他一手拿著一把很大、很特別的雙刃戰斧，戰斧之所以特殊，是因為它其中一面的刃是閃亮的黃銅色，另一面卻是又鏽又黑、滿是凹痕的金屬。

小嗝嗝沒看到馬鈴薯的蹤跡。

他本以為歇斯底里人會把馬鈴薯放在顯眼的地方，最好再放一個大牌子，清楚標示「**馬鈴薯**」三個大字。他突然覺得自己有點蠢。

小嗝嗝根本不曉得馬鈴薯長什麼樣子，連它是橘色還是綠色、是大是小都

# 馬鈴薯長什麼樣子？

（當然，這是假設世界上真的有馬鈴薯這種東西。）

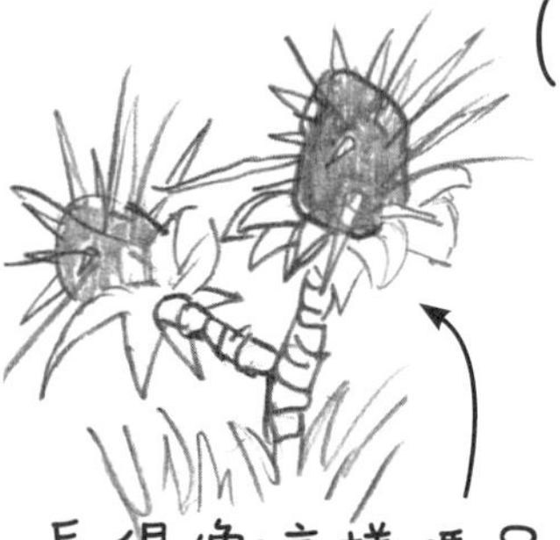

長得像這樣嗎？

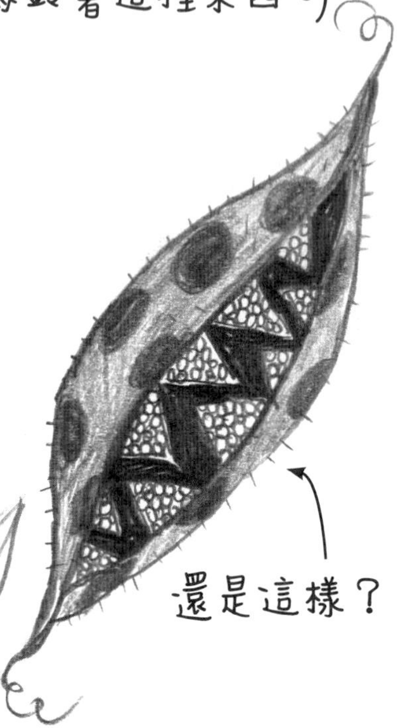

還是這樣？

這個會不會太紫了？

嗅嗅

不知道。在他心目中，馬鈴薯是個有黑色斑點的**紅色**植物，既然它的名字那麼奇怪，那應該是橢圓形或三角形的吧？就算它是紫色的，小嗝嗝也不會感到意外。現在想想，他真不知該從何找起。

「好，」神楓悄聲說。「我們不知道馬鈴薯在什麼地方，所以我要下去刺探情報，看看他們把馬鈴薯藏在哪裡……」

她解下纏在腰間的一條繩索，再依循小嗝嗝的建議，把繩子一端綁在獨眼龍的一條腿上。「如果妳遇到危險，就抓著繩子扯三下，獨眼龍會趕快把妳拉上來。」

獨眼龍一點也不想讓他們把繩子綁在牠腿上，小嗝嗝不得不提醒牠，如果他們成功把渦毒病的解藥帶回博克島，獨眼龍將成為龍族世界的「大英雄」。聽小嗝嗝這麼說，牠這才肯讓神楓把繩子綁在牠腿上。

身材嬌小的神楓拉著繩索另一端，從煙囪往下垂到集會堂裡。集會堂屋頂上一片漆黑，幾乎全無聲響。

小嗝嗝在煙囪旁等待時，回想起幼年和父親去冰釣的經歷，當時史圖依克在冰上切開一個洞，開始垂釣，他們在那裡一直等待……等待……等待……

沒牙搔搔耳後，獨眼龍掏起牙縫，小嗝嗝則緊張地直發抖。

「神楓，快一點……」

小嗝嗝覺得結凍的海面隨時會出現大裂縫，他們將再也回不了家，魚腳司也死定了……

神楓會不會遇上麻煩了？

小嗝嗝又把臉湊到煙囪上方，往下一看。神楓像蜘蛛似地拉著繩索，掛在小嗝嗝下方兩公尺的位置，小嗝嗝又稍微湊近一點，試著看清屋內的情況……

……然後，本就被積雪壓得快要崩塌的煙囪終於承受不住小嗝嗝的重量，垮了下去，小嗝嗝驚駭地尖叫一聲，**掉進**滿是歇斯底里人的集會堂。

# 第十一章　掉到湯裡……

神楓瞪大眼睛，驚恐地看著小嗝嗝和她擦身而過，亂揮著雙手往下墜。

歐斯底里村的集會堂高達二十公尺，在一般情況下，小嗝嗝從屋頂掉到地上絕對會摔斷脖子，死得不能再死。

可是小嗝嗝運氣非常好，今天是弗蕾亞日前夜，維京人通常會在這一天喝洋蔥湯，而歐斯底里人喜歡用一口兩公尺寬、一公尺深的大釜煮洋蔥湯。大釜就放在桌上，從天花板摔下來的小嗝嗝一屁股落進湯鍋。

湯要是再熱一點，小嗝嗝一定會被燙死，不過大釜已經在桌子上擺了一陣子，湯也冷卻到適合游泳的溫度了。

瘋子諾伯

假如歐斯底里人愛喝洋蔥湯，大釜裡的湯也許會所剩不多，不足以減緩小嗝嗝下墜的力道，可是歐斯底里人煮洋蔥湯只為遵循傳統，幾乎沒有人喝湯，鍋子到現在還滿滿的。

小嗝嗝的屁股輕輕碰到鍋底之後，他咳嗽著，頂著滿頭洋蔥浮上水面。集會堂裡的眾人驚訝得說不出話來，原本開開心心吃飯的大家突然看到一個陌生人和一大團雪從天而降、落在宴會桌上，誰也不曉得該做何反應。歐斯底里人震驚地坐在各自的位子上，把噴到鬍子上的雪弄掉，一邊盯著在湯裡大口喘氣的不速之客。

最先恢復過來的是瘋子諾伯，他抖掉身上的雪，一躍而起。「**有刺客！**」他尖叫。「**把他抓起來！**」

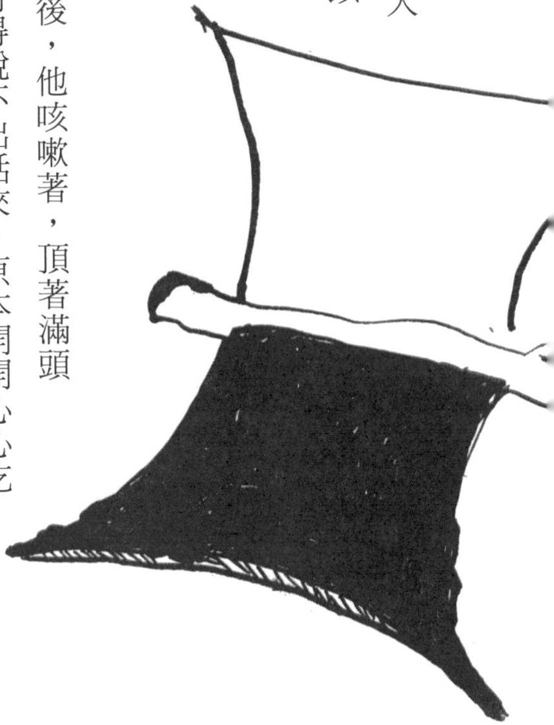

二十個戰士跳上長桌，小嗝嗝試著游走，然而再怎麼擅長仰式，他也無法逃離包圍他的歐斯底里戰士。兩個人高馬大的歐斯底里人把他從湯裡拖了出來，將溼漉漉、黏答答的小嗝嗝丟在瘋子諾伯面前。

「你有沒有同夥？」瘋子諾伯大喝一聲，把戰斧生鏽的部分舉到小嗝嗝面前揮舞。

小嗝嗝搖搖頭，湯汁被他噴得到處都是。

瘋子諾伯和歐斯底里戰士們一起往上看，這時候神楓還高掛在上方，穿著黑衣服的她躲在天花板的陰影處，所以歐斯底里人們沒看到她。

「**去把屋頂和村子搜一遍！**」瘋子諾伯尖喊。

他又轉頭面對小嗝嗝。瘋子諾伯的左眼皮常常亂跳，現在他的左眼像跳吉格舞的蒼蠅般狂亂轉動。

「你長得很眼熟……」他一把抓起旁邊一名戰士的斗篷，抹去小嗝嗝臉上的洋蔥湯。「索爾的指甲啊！這不就是昨天用箭射我尊貴的屁股的毛流氓蚯蚓嗎！」

這顯然不是什麼好兆頭。

「你好，別來無恙？」小嗝嗝戰戰兢兢、恭敬有禮地說。

「**別來無恙你個頭！**」瘋子諾伯尖叫。「**我的屁股又熱又痛！**」

戰士們氣喘吁吁地跑回集會堂，他們剛才把屋頂和歐斯底里村都搜了一遍，沒有找到其他刺客。看來獨眼龍和沒牙應該飛去躲在某個陰暗處了。

瘋子諾伯很不滿。「你這個刺客個子也**太小**了吧？」他氣呼呼地拔出小嗝嗝的劍，插在自己的腰帶裡。「說到小個子，昨天那個攻擊我們的人——那個滑雪的動作超奇怪、像膝蓋痛的老太婆的人——個子也很小。我知道我過去十五年沒有和別的部族交流，可是你們毛流氓部族真以為兩個**小屁孩**就殺得了我嗎？」

「我**不是**刺客。」小嗝嗝顫抖著說。

「**騙人！**」瘋子諾伯尖吼一聲，往前走一步，彷彿當場就要用斧頭把小嗝嗝斃了。他強迫自己冷靜下來，再度露出笑容，坐回他的寶座（然後痛得皺起眉頭）。

「你說你『不是』刺客，」諾伯笑吟吟地說。「那你為什麼要來歇斯底里島？為什麼要對我射箭？為什麼要汙染我的洋蔥湯？」

小嗝嗝回答：「我在找**馬鈴薯**。」

眾人驚得鴉雀無聲。

「噓——！」瘋子諾伯邊說邊回頭看，彷彿牆壁長了耳朵。「你怎麼可以說出『沒人敢說出名字的植物』的名字……」

「當然，」小嗝嗝狡猾地說。「我來到這裡以後，就發現馬鈴薯不過是人們想像出來的東西。世界上根本就不存在馬鈴薯，對不對？世界上根本就沒有美洲這個地方……世界跟鬆餅一樣扁扁平平的，如果一直往西航行，你只會從世界盡頭摔進無盡深淵……」

「**胡說八道！**」瘋子諾伯尖叫。「**宰了他！**」他雙眼暴凸，口吐白沫地尖聲

嚷嚷，又費了好一番工夫才冷靜下來。「不對，先教育他，再宰了他！」為了安撫自己，他不斷撫弄臉上華麗的鬍子。

「世界跟球一樣圓，圓球是沒有盡頭的。」諾伯仔細解釋。「世界上**真的**有美洲，我告訴你，我去過美洲……至於『沒人敢說出名字的植物』……我不知道你說的是什麼玩意……」

「那是因為它根本不存在。」小嗝嗝重複道。

「它**存在**。」諾伯堅定地說。他努力控制自己的脾氣。

「不存在。」小嗝嗝說。

「存在！」

「不存在。」

「**存在！**」

「不存在。」

「它**存在！存在存在存在存在存在**——！」瘋子諾伯大喊。他太用力擺弄自己的

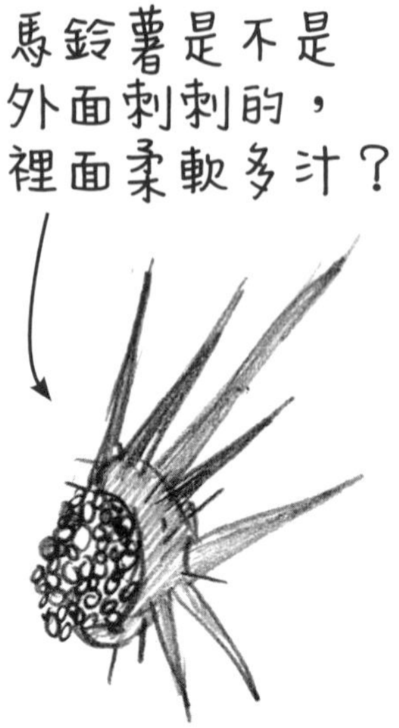


鬍子，鬍子都打結了。

「那你證明給我看啊。」小嗝嗝挑釁他。

「我知道『沒人敢說出名字的植物』存在……因為，『沒人敢說出名字的植物』……它**就在這個房間裡！**」瘋子諾伯喊道。他快步跑到掛著美洲地圖的牆壁前，揮了兩下戰斧，把鹿皮地圖拋到一旁。

「**超小刺客，**」瘋子諾伯得意地宣布。「**還不快跟我老爸打招呼……**」

「我的媽啊！」小嗝嗝驚呼。

瘋子諾伯顯然完全瘋了，瘋得很徹底。

原本被地圖遮住的地方有個展示臺，臺上站著一尊誇張的人像，看上去很可能是瘋子諾伯他爸冰凍的身軀。

他高傲的身體站得直挺挺的，每一根鬍子都結冰了，大張的嘴巴彷彿在無聲地「吶喊」，那可怕的樣子令人印象深刻。他一隻手扠腰，另一隻手拿著裝滿冰的玻璃箱。

躺在冰上的，是一顆不起眼、凹凸不平的圓形褐色物品，普普通通的模樣實在令人失望。**這應該不是傳說中有魔力的「馬鈴薯」**吧？小嗝嗝心想。那顆植物上插著一支箭。

諾伯的老爸腳邊圍了一圈奇特的類龍生物，名為**尖叫龍**。

這種奇特的動物常被當作原始的防盜系統，牠們沒有腿，追不了獵物，所以平常都躺在地上，把特長的爪子舉在空中輕輕搖擺。只要碰到尖叫龍的爪子，整群尖叫龍就會發出震耳欲聾的叫聲，刺耳的聲響甚至能令小型龍當場倒斃（小型龍的聽力比人類好很多），接著，尖叫龍會把獵物吃掉。牠們跟食人魚有點像，能在一分鐘內把獵物吃到只剩骨頭。

「可是，諾伯，」小嗝嗝驚駭地說。「你父親不是**死了**嗎？」

「他是**死了**，」諾伯笑著說。「死得透透的……但既然我要冰凍保存馬鈴薯，我覺得把老爸一起冰起來也不錯，你說是不是？」

「你也可以幫你父親辦一場維京人的喪禮啊。」小嗝嗝顫抖著說。「他就這樣站在那邊好像不太好……而且有點可怕……」

「**等末日牙龍死了，我再給父親辦喪禮！**」瘋子諾伯大吼。「所以我才把他冰起來。我父親嚥下最後一口氣之前，把羽毛人給他的最後一支箭插在馬鈴薯上，要我答應用**這支箭**消滅末日牙龍。」

「那怎麼可能，」小嗝嗝指出。「末日牙龍那麼大，你怎麼可能用區區一支小小的箭殺死他！」

「奇怪的紅髮小男孩啊，這世界上沒有什麼是『不可能』的，」瘋子諾伯糾正他。「只有『不太可能』的事。問題是，我們無法**拔出**插在『沒人敢說出名字的植物』裡的箭……你看看箱子上刻的字吧。」

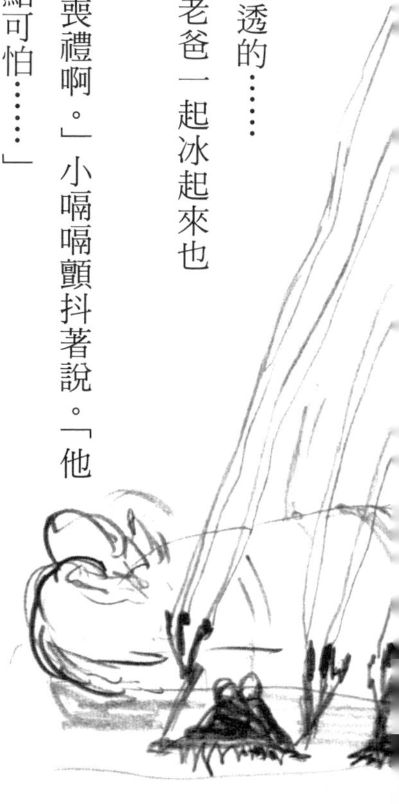

小嗝嗝望向大賈伯手裡的玻璃箱，箱子裡凍著不起眼到令人失望的馬鈴薯，馬鈴薯上插著一支浮誇的小箭，箭的尾端用色彩鮮豔的羽毛裝飾，想必是來自小嗝嗝沒看過的鳥類。那些美洲鳥類，肯定曾飛在未被發現的美洲大陸上空。

玻璃箱刻著一段行雲流水的文字：

「我們沒辦法把箭從珍貴的植物上**拔出來……**」瘋子諾伯難過地說。「我們一年到頭比腕力就是為了拔箭——族裡力氣最大的大力士每年都會試著把箭拔出來，可是誰也做不到，連一定會成為大英雄、統領所有維京部族的我本人也做不到。那支『箭』卡在植物裡，『我們』則困在歐斯底里島，不知何年何月才能幫父親報仇。」

小嗝嗝看著那顆馬鈴薯。

「你們沒辦法把箭拔出來，是因為馬鈴薯完全結凍了。如果**解凍**馬鈴薯，那應該連小孩子都能把箭拔出來。」他提議。

瘋子諾伯的眼皮又開始亂跳了。

「我父親死前把這支箭給我是有原因的。」瘋子諾伯厲聲說。「這是他給我們的考驗，只有力氣最大的

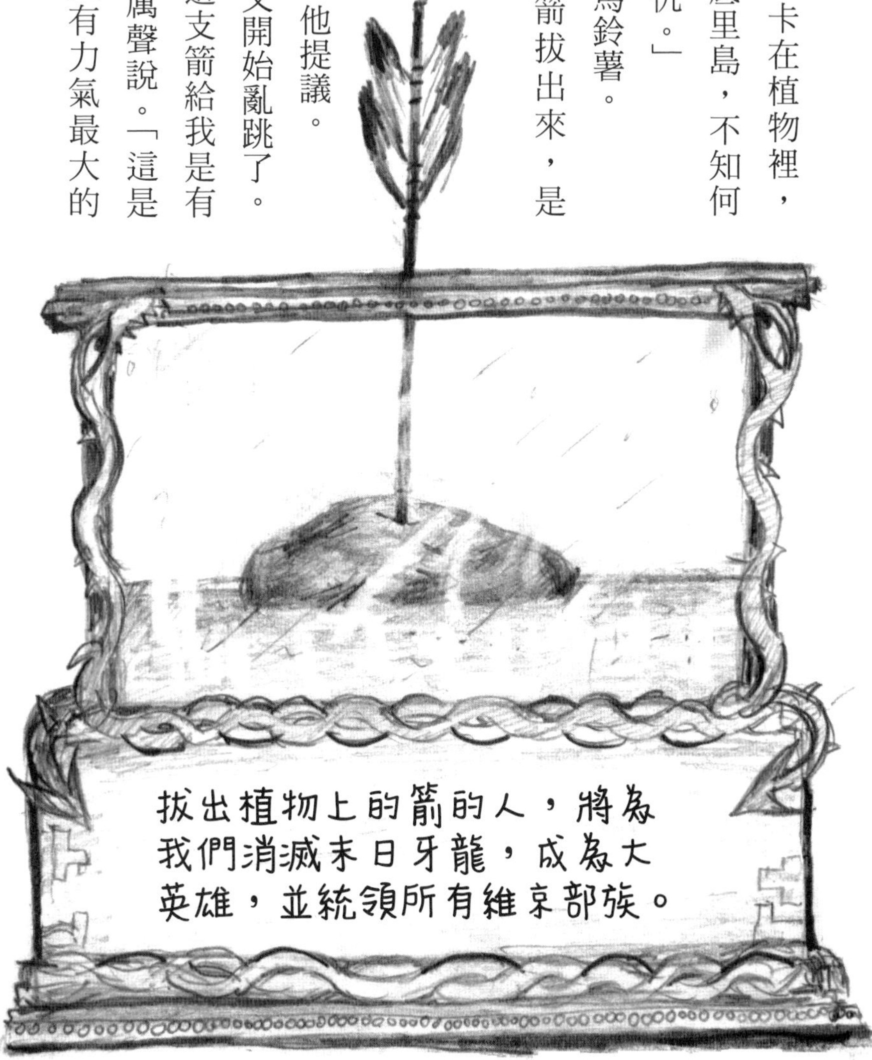
拔出植物上的箭的人，將為
我們消滅末日牙龍，成為大
英雄，並統領所有維京部族。

人才能通過考驗，打敗末日牙龍。要是**誰都能**拔出這支箭，那還考驗什麼？你不過是個小個子男孩，你算哪根蔥，憑什麼問我這麼多問題？」

「諾伯，這正是我想說的。」小嗝嗝安慰道。「我是小嗝嗝・何倫德斯・黑線鱈三世，偉大的史圖依克唯一的兒子。我有個朋友叫魚腳司——你昨天已經和他見過面了——他運氣不好，被渦蛇龍螫傷了——」

「運氣真是差。」瘋子諾伯滿意地說。「被渦蛇龍螫到的人基本上死定了。你這麼說，我其實一點也不驚訝，他看起來就是那種常被命運捉弄的小怪胎。」

「魚腳司才不是小怪胎！」小嗝嗝打斷他。「諾伯，重點是，我聽說你的馬鈴薯是治療渦毒病的唯一解毒劑，我想請你大發慈悲，讓我用這顆馬鈴薯救我朋友一命。」

瘋子諾伯聽得目瞪口呆。

「假如我把老爸珍貴的植物給你，」他輕聲說。「你會對它做什麼？」

「這個嘛，」小嗝嗝說。「我朋友應該會把它吃掉吧。」

瘋子諾伯愣了片刻。

然後，他變得怒不可遏，舉著雙刃戰斧在頭頂亂揮。「**吃掉？**」他怒吼。「**你在我屁股射一箭，還想把我親愛的老爸珍貴的美洲植物吃掉？宰了他，宰了他，宰了他！**」

經過一番心理掙扎，瘋子諾伯終於恢復鎮靜，他高舉雙臂，沉穩地轉向小嗝嗝。

「你是邪惡的植物殺手，」他說。「就算**現在**宰了你也不為過……可是我們歇斯底里人並不會那麼做，我們是**文明**的部族，即使是虐待馬鈴薯的罪犯也會先經過公平審判，才能執行死刑。」他瘋瘋癲癲、不懷好意地斜睨小嗝嗝一眼。「你將面對『斧頭的審判』。」

**我的天啊**。小嗝嗝心想。

瘋子諾伯大步走到集會堂中央，地上有一根從根部被砍斷的大樹幹。

「命運會決定你的未來。」諾伯接著說。「我會把斧頭拋到空中……如果金色這邊砍在木頭上，我就讓你活下去，但如果是黑色這邊……」

他愛憐地摸了摸生鏽的斧刃。「如果黑色這邊砍在木頭上，我會用這把斧頭當場宰了你。趕快祈禱命運賜給你好運吧……」

瘋子諾伯戲劇化地倒退一步，仰起頭來……

**「命運與宿命的強大力量啊，來吧！」**他高呼。「**我發誓，我會遵照您的指示。您要給這個人生命，還是死亡？**」

戰斧飛向天花板，在空中緩緩旋轉，接著開始往下墜，先是金刃朝下，然後是黑刃朝下。

小嗝嗝不像其他男孩那麼強，可是他視力不

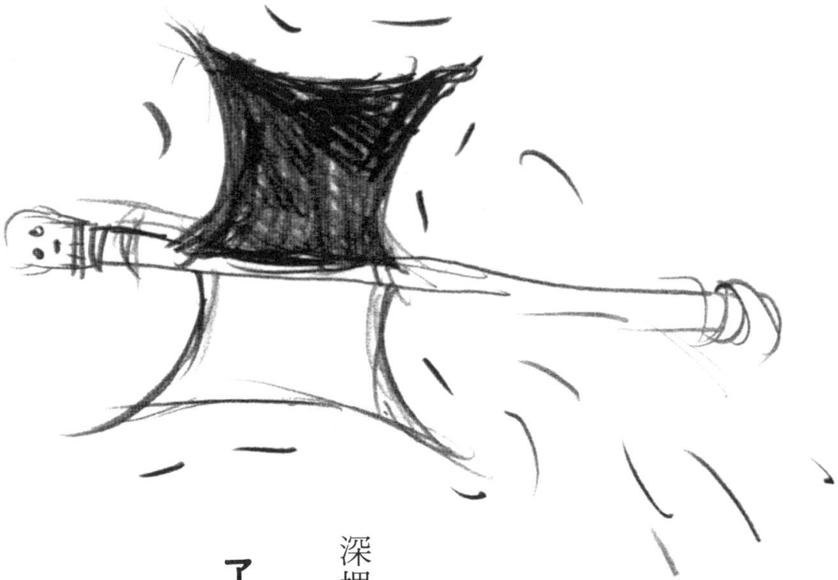

錯，他看得出戰斧最後會黑刃朝下地砍在木頭上。說時遲，那時快，小嗝嗝跳上前，在黑刃劈中木頭前接住戰斧的木柄。

旁觀的歇斯底里人都倒抽了一口氣。

躲在梁上的神楓也倒抽了一口氣。

小嗝嗝奮力舉起戰斧，用力往下砍，金刃深埋在樹幹上。

**「瘋子諾伯，你看，金色這邊贏了。」**小嗝嗝．何倫德斯．黑線鱈三世扠腰高喊。

所有人都不知所措。

瘋子諾伯宛如一條離水的魚，嘴巴無聲地張張合合。

「你**作弊！**」瘋子諾伯尖叫。

「是命運讓我作弊的。」小嗝嗝指出。「你剛才發誓要遵照命運的指示，所以你必須放我走。」

諾伯好像快氣炸了，他平常進行可怕的「命運之斧」審判，連大人都會嚇得縮成一團。

他從沒看過小男孩對他頤指氣使，叫他把珍貴的馬鈴薯拿去解凍、埋葬老爸，還在戰斧落下前接住它。

難道小嗝嗝說得對？難道是命運讓小嗝嗝作弊的？

諾伯沒膽忤逆「命運」。

「**把他抓起來！**」諾伯尖聲命令。「我讓他活下去，可是他這輩子別想離開監牢！誰叫他對**瘋子諾伯**射箭！」

四、五個身材粗壯的歇斯底里人把小嗝嗝抓起來，拖向一個用鎖鏈掛在梁下的小籠子。他們把小嗝嗝推進籠子、鎖上門，將鑰匙拿給諾伯。諾伯把鑰匙放進口袋。

接下來，歇斯底里人繼續嘻笑、唱歌、吃飯、喝酒，鬧到深夜，全然忘了小嗝嗝的存在。

小嗝嗝靜靜坐在小籠子裡，試圖想出逃出籠子的絕佳妙計。

情況並不樂觀。

即使設法逃出上鎖的牢籠，在不被任何歇斯底里人發現的情況下偷走馬鈴薯，他還得面對結凍的海面下那隻讓冰層發出可怕聲響的生物……冰層發出巨大的碰撞聲，宛如劈砍巨石的巨劍。

冰層開始融化，等末日牙龍恢復自由，小嗝嗝就再也別想離開歇斯底里島了……

漫漫長夜裡，時間一分一秒過去了，歇斯底里人一個個在椅子上或在地板上入睡，甚至有個胖戰士躺在桌上，抱著被啃過的烤全豬熟睡。瘋子諾伯摟著雙刃戰斧，含著拇指在寶座上打盹。集會堂高高的房梁上，神楓像隻小黑貓抱著橫梁睡覺。時間繼續流逝，小嗝嗝竭力保持清醒，但最後，他還是在籠子輕柔的搖晃、在屋裡的熱氣與酒氣中，睡著了。

# 尖叫龍

**尖叫龍是長得像肉團或蛞蝓的奇怪生物，牠們十分懶惰，甚至發展出很特殊的狩獵方式：用尖叫聲令獵物失去意識。一群尖叫龍能迅速將獵物吃得只剩骨頭，進食速度比成群的食人魚還快。**

## 統計資料

顏色：蛞蝓黑。

武器：響亮到能讓小型龍昏過去的尖叫聲，還有類似食人魚的尖牙利爪。

恐怖：……………3

攻擊：……………3

速度：……………1

體型：……………2

叛逆：……………5

# 第十二章　沒牙能成為救世英雄嗎？

與此同時，原本在屋頂上的沒牙和獨眼龍聽到小嗝嗝落進洋蔥湯、歇斯底里戰士出門找刺客，就飛去躲在美國夢號船上了。

騷亂結束後，牠們飛回屋頂，兩隻龍又冷又餓又累。獨眼龍的眼睛在黑暗中閃著金黃色光芒。

「該不該拋下他們呢？」獨眼龍自言自語。「他們似乎沒找到渦毒病的解藥……我才不會為了救兩個討厭的人類，一直待在這邊……」

「自、自、自私的人類！」沒牙氣呼呼地說。「他們都、都、都沒想到可憐的沒牙，沒牙又冷又、又、又、又餓！」

獨眼龍嗤笑一聲。「他們沒想到你是正常的吧，你不過是隻寵物龍，基本上跟特大號老鼠差不多。而且『你』有什麼資格喊餓？我們過來的路上，是誰在雪橇上把所有的食物吃個精光的？」

「……我等到天亮。」獨眼龍下定決心。牠把綁在腿上的繩索垂下煙囪，掛在集會堂裡，接著趴在屋頂的雪裡準備睡覺。「我的暴牙阿姨就是死於渦毒病，她真的死得很慘。」

「沒牙才不要在這裡睡、睡、睡覺！」沒牙氣憤地呻吟。「太冷了！沒牙很纖、纖、纖弱，很敏感……」牠偷看獨眼龍是不是真的睡著了，聽到獨眼龍低沉的打呼聲後，牠接著說：「……才不像『你』這個又白又蠢的大猩猩……」

獨眼龍猛然睜開眼睛，長著劍齒的大嘴巴咬向沒牙……可是牠還沒咬到反應力超群的沒牙，沒牙就從煙囪滾進集會堂了。沒牙飛過在睡夢中囈語連連的歇斯底里人，落在小嗝嗝的籠子上，害籠子猛地往右邊晃。小嗝嗝的頭撞在鐵柵上，就這麼被撞醒了。

「很痛耶！」小嗝嗝抱怨著睜開眼睛，看見自己的寵物龍倒掛著的臉出現在面前，一雙青梅色眼睛直勾勾地盯著他。

「沒牙！」他欣喜若狂地輕聲說。「感謝索爾，你終於來了。帶你來冒險果然是正確的選擇——你一定能成為救世英雄！」

「哈！」沒牙凶巴巴地哼了一聲。

「你去那邊那個結凍的維京大個子旁邊，把馬鈴薯偷走，我們就可以趕快離開了……」小嗝嗝悄聲說。

沒牙順著小嗝嗝手指的方向看過去，看到諾伯的老爸——大賈伯——和玻璃箱，驚恐地尖叫一聲。

「尖、尖、尖叫龍！」牠驚呼。牠跳進籠子，把臉埋在小嗝嗝腿上。

「喔對了，你這麼小的龍如果聽到尖叫龍叫聲，可能會死掉，對不對？唉呀，我怎麼會忘記這件事呢。」小嗝嗝摸摸沒牙的背說。「好吧，那你不要去偷馬鈴薯。籠子的鑰匙在瘋子諾伯的口袋裡，你能不能飛過去拿……」

這時候，沒牙嗅到小嗝嗝腿上的洋蔥湯，伸出舌頭舔了一口。

「洋蔥湯、湯、湯！」沒牙控訴道。「你偷喝洋蔥湯、湯、湯！」

「是，是，」小嗝嗝連忙說。「我剛剛掉進湯裡了。這不是重點，重點是鑰匙——」

可是沒牙已經受夠了，牠**氣極了**，身體幾乎膨脹成平時的兩倍，像顆憤怒的小氣球飛出籠子。

「不公平！不公平！」沒牙氣鼓鼓地說。「可憐的沒、沒、沒牙在外面餓、得、半、死，結果你在這裡吃洋蔥湯、湯、湯吃到飽，你還要沒牙餓著肚、肚、肚子去面、面、面對一大堆尖叫龍？自私人類！好啊，那你就在這裡等著……沒牙去吃完晚餐，再來看看要不要幫你……」

「沒牙！」小嗝嗝盡量壓低音量輕喊。「這很重要！你快去拿鑰匙，不然我要……要……要……」

「你要怎麼樣？」沒牙厚著臉皮問。小嗝嗝從籠裡伸手想抓住沒牙的尾巴，沒牙卻輕鬆地飛走。

牠伸出分岔的粉紅色小舌頭，跳到歇斯底里人的宴會桌上吃起水牛派，小嗝嗝掛在上方幾公尺處生氣地小聲喊牠，牠全當耳邊風。

「沒牙聽不到！」牠咬著滿口南瓜，愉快地唱道。「聲、聲、聲音太小！喔喔喔喔，有押韻耶……沒牙聽、聽、聽不到，聲、聲、聲音太小！沒牙聽、聽、聽不到，聲、聲、聲音太小！」

接下來五分鐘，沒牙繼續假裝自己聽不見，慢悠悠地從一盤食物跳到另一盤食物，小小的肚子裡塞滿了油炸鯖魚、火雞翅和甜玉米炸麵團。

牠吞下最後一口派，喝了一大口手釀蕁麻香檳，打了個飽嗝，心滿意足地

揉了揉肚皮。

「好、好、好多了。沒牙聽得到了，你剛剛說什麼？」

「你能不能在瘋子諾伯把我們全部殺光之前把他口袋裡的鑰匙拿出來？」小嗝嗝扯著嗓子用氣音說。

「你要說、

說、說『拜託』……」沒牙唱道。

「拜託。」小嗝嗝咬牙切齒地小聲說。

「好啦好啦，不要急嘛。」

沒牙說完就搖搖晃晃地飛起來（因為剛才吃太飽），摔在瘋子諾伯胸口，幸好諾伯睡得很沉，只是低哼一聲，把斧頭抱得更緊。

沒牙嘻笑著用銳利的小牙齦咬斷瘋子諾伯嘴唇兩邊的鬍子，腳步蹣跚地走進諾伯的口袋，拿出鑰

匙。

沒牙叼著鑰匙大搖大擺地走在長桌上，不時把鑰匙吐出來，以便嘲諷小嗝嗝。

「人類真是自私。」沒牙嗤之以鼻。「自、自、自私。可憐的小沒、沒、沒牙餓扁扁冬、冬、冬眠，結果你把他叫起來，就為了讓他『再』救你一次。」

沒牙又叼起鑰匙，這一次，牠飽到鼓起來的肚子害牠看不見腳下的東西，被一把放在桌上的小刀絆倒。

沒牙撲向前，把一根蠟燭撞得掉在地上，北極熊毯立刻燒了起來。牠在桌上滾了好幾圈，滾到最後，一屁股坐在野豬湯裡，然後……鑰匙被牠吞下肚了。

「咕、咕、咕嚕……」沒牙說。

# 第十三章　偷盜馬鈴薯

「啊啊啊啊啊！」小嗝嗝憤怒地抓著籠子的鐵欄杆用力搖晃。「真是的！五分鐘前，我只是被鎖在籠子裡，和一整個集會堂的歇斯底里人待在一起，『現在』你不但吞了鑰匙，還害地毯燒起來了！還不快飛上去把神楓叫醒，然後把火撲滅！」

「說、說、說『拜託』……」沒牙咳嗽著回嘴。

「拜託啦！」小嗝嗝用最大音量輕聲說。

沒牙搖搖晃晃地飛到神楓睡覺的梁柱，在她耳邊小聲尖叫：「沒鑰匙！沒鑰匙！」接著飛下來想辦法滅火。

神楓一睜開眼就主導大局，她爬了起來，鎮定地站在梁上，彷彿她腳下是再穩固不過的土地，而不是距離地面二十公尺的房梁。

她又從腰間解下一條繩索，把綁了金屬的那一端丟出去，繩索固定在小嗝嗝籠子的上梁。神楓扯了扯繩子，確保它纏得夠牢，接著抓住繩索盪出去，落在小嗝嗝的籠子上。

她扭著身體爬到籠門前，仔細研究門鎖後，從口袋裡拿出一根類似飾品的細長工具，把一端塞進鎖裡。她動作熟練地擺動工具。

「你好——勇敢喔！」她小聲說。「當然，是以『男生』而言……你竟然直接跳進湯鍋！要不是出這一招，我們搞不好**永遠**找不到馬鈴薯……」

小嗝嗝本想誠實告訴她，那只是場意外，但最後什麼也沒說。

「喔，這沒什麼……」他謙虛地低聲回答。「真的沒什麼了不起的，我平常都會那樣……呃，**跳躍**。話說，妳在做什麼啊？」

「我在開鎖。」神楓若無其事地說。「在沼澤盜賊看來，鎖根本難不倒我們……沒人能把沼澤盜賊困在牢裡。我們跟鰻魚一樣滑溜，跟蟋蟀一樣愛跳。」

突然「喀嚓」一聲，籠門就這麼開了。

「大人，這邊請。」神楓笑吟吟地說。

小嗝嗝爬出籠子，跳到下方的宴會桌。他實在不敢相信自己會如此好運。

「**現在**，」神楓皺著眉頭說。「是時候偷盜『沒人敢說出名字的植物』了。我們時間不多了。」

她說得沒錯。

沒牙試著用翅膀撲滅北極熊毯上的火苗，牠看火焰沒有要熄滅的跡象，乾脆把手釀蕁麻香檳直接倒上去。

火焰往上竄了一公尺，擴散到旁邊一張椅子上。

「天、天、天啊！」沒牙哀號。「沒牙闖、闖、闖禍了……都是沒牙的錯……天啊天啊天啊……」

「沒牙，」小嗝嗝下令道。「不要再讓火勢增強了。你快過來，我們需要你幫忙偷馬鈴薯。」

沒牙覺得很愧疚，所以異常乖巧地飛過來。

「我要你讓箱子裡的冰融化。」小嗝嗝說。

「那、那、那尖叫龍怎麼辦？」沒牙驚恐地問。小嗝嗝用圍巾包住小龍的耳朵做為耳罩。

「等沒牙讓冰塊融化後再

行動，免得妳不小心吵醒尖叫龍。」小嗝嗝對神楓說。「沒牙那麼小隻，如果近距離聽到他們的尖叫聲，可能會**昏倒**。」

「小、小、小隻？」沒牙氣呼呼地說。「沒牙不喜歡『小隻』這兩個字。」

「我可是盜竊**專家**，」神楓說。「我怎麼可能吵醒尖叫龍。」

小嗝嗝的運氣果然很好，即使他們吵吵鬧鬧、即使集會堂中央燃著熊熊大火，歇斯底里人依然沒醒來，仍舊大聲打呼。

沒牙怕得直發抖（而且牠穿著毛衣、肚子吃得太撐，頭上的圍巾又一直滑下來遮住視線，所以飛得很不穩），從尖叫龍輕輕搖擺的爪子上方飛過去。沒牙真的很勇敢，如果牠在這時候往下看，就會看到尖叫龍噁心的黑色肉團身體和食人魚牙齒，對沒牙這麼小隻的龍來說，這就像在張大了嘴的獅群面前散步一樣危險。

牠飛到玻璃箱前。牠太害怕了，火孔一時間張不開，一口龍火也噴不出來，只能呼出一朵又一朵灰藍色煙雲。

「放輕鬆……」站在桌邊的小嗝嗝小聲說。「深呼吸……不要覺得壓力大……你可以慢慢來……」集會堂有一半都燒起來了，但小嗝嗝還是盡可能平和地鼓勵沒牙。

「慢慢來……」小嗝嗝緊張地說。「放輕鬆……想一些快樂的事情……」

尖叫龍感覺到空氣中的煙，長爪微微顫動了起來。

「呼！」沒牙奮力吐氣，小小身體幾乎要消失在自己吐出來的煙霧之中。

「沒牙想快、快、快樂的事！這裡不、不、不快樂！」沒牙氣呼呼地說完，終於噴出一口籠罩整個玻璃箱的龍火，讓小嗝嗝鬆了一口氣。

「小心別讓馬鈴薯燒起來！」小嗝嗝提醒牠。

「燒、燒、燒這個！不要燒那個！」沒牙又開始抱怨。「小嗝嗝可不可以不要一直凶、凶、凶巴巴的，讓沒牙專心做事！」

話雖如此，沒牙還是把火調整得小一些，噴向包著馬鈴薯的冰塊，冰塊也慢慢融化了。

這時候，神楓又爬了上去，爬到諾伯老爸正上方的橫梁。她順著另一條繩索往下垂，像隻小蜘蛛掛在玻璃箱上方一公尺處，再用繩子綁住自己的腳踝，倒掛在空中。

沒牙讓冰塊完全融化後飛回到小嗝嗝肩頭。

神楓在諾伯老爸冰凍的眼睛前，小心翼翼地伸出手，從玻璃箱中取出那顆插著箭矢的馬鈴薯。

小嗝嗝屏住一口氣。如果玻璃箱設了某種陷阱，那陷阱應該會**現在**被觸發……

但箱子似乎沒有設陷阱。

神楓一手拿著馬鈴薯，在空中輕輕擺盪。諾伯老爸在展示臺上微微搖晃，但他依然惡狠狠地笑著，雙眼直直望向遠方（畢竟是個「死人」）。歇斯底里

人的打呼聲在寧靜的集會堂中此起彼落。

神楓將馬鈴薯放入口袋。

「她成功了，她成功了，她成功了……」小嗝嗝喃喃自語。

神楓正要沿著繩索爬回橫梁，突然看見箱子裡另一件物品。

「完了……」小嗝嗝輕聲說。

神楓忍不住盜竊的慾望，伸手將那樣東西拿出來……

在那短短一秒鐘，小嗝嗝還以為他們能平安逃脫。

然而，諾伯老爸冰凍的身體原本和玻璃箱的重量維持完美平衡，現在箱子裡少了第二件物品，失去平衡的諾伯老爸緩——慢——地往後倒，傾倒的速度越來越快，直到他像大樹般重重砸在尖叫龍爪的森林中。

尖叫龍齊聲尖鳴。

那個聲音實在太刺耳了。

玻璃碎了一地，箱子裡頭的冰全撒在地上。

咿!!!

啊啊啊啊咿咿咿

在集會堂裡沉睡的歐斯底里人彷彿觸了電，全部猛然坐起來，睡眼惺忪地撐開眼睛，問旁邊的人：「怎麼了？發生什麼事了？」沒牙雖然裹著圍巾，還有小嗝嗝幫牠摀住耳朵，還是被震耳欲聾的叫聲震得差點昏倒。

「神楓，小心！」小嗝嗝大喊。瘋子諾伯醒來做的第一件事，就是把戰斧甩向神楓，神楓還用繩索掛在空中，看到直飛過來的戰斧連忙放開繩子往下墜落。

斧頭沒砍到神楓，她從空中落到地上——更準確而言，是落在一個睡死了的歐斯底里人的大肚子上，那個人睡得實在太沉，就算被神楓壓到也沒醒來。

瘋子諾伯衝過來，把結凍的父親從不停狂叫的尖叫龍群中拖出來，雖然大賈伯冷冰冰、硬邦邦的，尖叫龍群還是用牙齒啃咬他凍僵的雙腿、用長爪子亂抓他冰凍的鬍子，無論如何都要把他吃下肚。諾伯好不容易把老爸的身體拉開，尖叫龍群突然不叫了。瘋子諾伯拔出劍，殺氣騰騰地大步走向神楓……

「**你們快跑！**」神楓尖叫。「不用擔心，我不會有事的！」

這時候小嗝嗝正站在長桌中間，大約二十

名高大的歐斯底里戰士提著刀劍和戰斧從四方逼近，而且他手無寸鐵，活著逃離這些歐斯底里人的機率非常低……

小嗝嗝沒有弓箭、沒有匕首，連劍也沒有——他的劍先前被瘋子諾伯搶走了（這真的很可惜，因為小嗝嗝很擅長劍鬥術）。

既然沒有劍，小嗝嗝只能拿起兩盤賣相不佳的南瓜派，把它們當銅鈸敲在一個歐斯底里戰士的頭部兩側。那個歐斯底里人滿臉黏答答的南瓜泥，踉踉蹌蹌地倒退一步，坐倒在後面一個個子較小的歐斯底里戰士身上。

小嗝嗝解決了兩個人，眼前還有好幾個敵人，他在閃躲歐斯底里人的劍時，隨手抓起一隻沒被吃乾淨的大火雞，直接套在旁邊的戰士頭上，對方的手臂被火雞套住，動彈不得，小嗝嗝聽到火雞內部傳出模糊的叫喊聲，看見被套住的戰士踉蹌地走遠，那樣子簡直像長了人類雙腿的大烤雞。

小嗝嗝越打越起勁，他把一大碗楓糖漿翻倒在地，害歐斯底里人在地上滑

來滑去，還用西瓜痛擊一名戰士，害對方喘不過氣，他甚至用洋蔥砸歇斯底里人。

現在，尖叫龍不叫了，沒牙從屋頂飛下來加入戰局。牠看到一碗栗子就跑去含了一大口，臉頰像倉鼠臉頰般鼓起來，接著，牠在眾人頭頂盤桓飛翔，不時吐出火焰和熾熱的烤栗子，歇斯底里人彷彿被燃火的子彈攻擊。

集會堂裡亂成一團，蔬菜到處飛，有的歇斯底里人被過熟的番茄砸醒，還以為大家在玩半夜丟食物大賽，興高采烈地攻擊自己人。

「神楓，快一點！」小嗝嗝邊叫邊用一條又大又扁的比目魚甩敵人耳光，接著跑到長桌另一端。

神楓也沒閒著，氣得七竅生煙的瘋子諾伯拿劍連連攻擊她，她必須奮力戰鬥才能保衛自己。

瘋子諾伯這兩天過得不太好，他的屁股昨天被射了一箭，到現在還陣陣發疼，剛才小嗝嗝把「斧頭的審判」當成兒戲，害他當眾出糗，他的寶貝鬍子不知道被誰咬斷了，而且他老爸珍貴的美洲植物就快被毛流氓偷走了。

更可惡的是，毛流氓部族派的還不是訓練有素的成年刺客！第三個刺客比先前兩個人還要矮小——而且，歇斯底里部族尊貴的族長與劍術專家瘋子諾伯，居然打了老半天都還沒打敗這個**小不點金髮刺客**，她不斷地閃來閃去，諾伯就是砍不到她。

每次瘋子諾伯往前突刺，神楓都有辦法抵擋，她還能漫不經心地高唱沼澤盜賊部族的歌、在地上翻筋斗，甚至從地上撿起野豬肉三明治，若無其事地吃了起來。

更要命的是，她的嘴巴一、刻、都、沒、停、過。

「我邊吃飯邊工作，希望你不會介意。」她用閒聊的語氣說著，一邊輕而易舉地擋下瘋子諾伯的「陰森鬍扭打技」，還用了一招「刺衝」。「我知道邊吃東西邊打架很沒禮貌，可是我快**餓死了**，我今天晚上都還沒吃到東西……」

瘋子諾伯露出惡狠狠的微笑，動作特別暴力地跳上前刺擊。

神楓閃過這一劍，往上跳起來抓住他的鬍子，拉著鬍子在瘋子諾伯胸前晃來晃去，用他的衣服把黏答答的手指擦乾淨再跳下來。

「我要**宰了妳……**」瘋子諾伯氣喘如牛地說。他的下巴被扯得很痛，所以眼裡都是淚水。「我要先用這把劍殺死妳，再用斧頭剁了妳，把妳拿去餵尖叫龍。」

「你好聰明啊，好——聰明啊！」神楓愉快地唱道。她看到自己的繩索了，

繩子尾端就在瘋子諾伯的頭後面。「前提是，你要先**抓到我……**」

話才剛說完，神楓就一個筋斗從諾伯雙腿之間鑽過去，以驚人的速度爬上繩索，順便把繩子尾端拉上去。

瘋子諾伯驚愕地看著自己的腿，再彎腰看著雙腿之間的空氣，轉身才發現神楓憑空消失了。

他又轉過來，卻還是沒看到神楓。這也太神奇了吧……

神楓在瘋子諾伯上方僅僅幾公分的位置擺盪，她熟習盜竊術的手指輕手輕腳地偷走他的頭盔，諾伯什麼都沒感覺到。

之後，她用結冰的馬鈴薯全力一敲瘋子諾伯的頭，諾伯踉蹌地走了幾步，身體晃了晃，最後倒在地上不省人事。神楓又跳到地上，拍拍他的肩膀安慰他。

「諾伯你別難過，多練習幾次就好了。」她施捨般地說。

「**神楓——！**」還在宴會桌上打鬥的小嗝嗝放聲尖叫。他用一條烤水牛腿敲暈一名歐斯底里戰士，把一根紅蘿蔔塞進另一名戰士的鼻孔，還將蕁麻香檳噴在三個戰士身上。「**快過來！**」神楓拉著繩子盪過去，落在他身旁。

現在，幾乎整張桌子都著火了，地上每一張北極熊毯也都在燃燒。

更不祥的是，尖叫龍群竟然為了逃離集會堂而開始**挪動身體**，這種龍平時懶惰到了極點，只有在面對生命危險時才肯移動。牠們像噁心的胖蛞蝓扭動身體爬出門，爪子瘋狂揮動，地上留下好幾條鼻涕般的黏液。

一端綁在獨眼龍腿上的繩子——通往煙囪的繩子——就掛在神楓和小嗝嗝之間，他們一起抓住繩索，邊咳嗽邊拉扯三下。

就在獨眼龍將他們拉離險境之前，小嗝嗝彎腰撿起桌上一面金屬餐盤。

下一秒，他們迅速升上天花板與煙囪，歇斯底里人的劍只能險險擦過他們腳踝。

# 第十四章　馬鈴薯賊的逃亡

小嗝嗝和神楓用力眨著眼睛，屋頂上一片明亮。

他們在歇斯底里村集會堂裡偷盜馬鈴薯時，夜晚已經化為早晨，天空從墨黑化為海鷗背部的灰藍色，太陽也飛快從迷宮千島後方升起。

下方傳來歇斯底里人的吼叫聲，其中最宏亮的絕對是瘋子諾伯：「**我的植物！他們偷了我的植物！**」歇斯底里人一窩蜂衝向集會堂大門，急著追趕小嗝嗝和神楓。

小嗝嗝知道自己不可能徒步逃走，也沒時間把滑雪屐找出來了。

在這種情況下，就算很強也不見得能活下去，因為不管你再怎麼強，也不太可能在四比五百的戰鬥中獲勝。

在這種情況下，你需要的是妙計，而小嗝嗝恰好擅長構思妙計。

小嗝嗝把剛拿到的餐盤放在屋頂，一屁股坐了上去。

「神楓，妳快過來坐我後面。」小嗝嗝說。

「喔喔，好耶！」神楓雙眼放光地說。

集會堂的屋簷微微突出村莊外牆，高牆外是一片一路延伸至海港的陡坡。

歇斯底里人怒吼著衝出集會堂大門時，清清楚楚看到神楓和小嗝嗝坐在「平底雪橇」上滑下屋頂，飛過歇斯底里村外牆。

「**啊啊啊啊咿咿咿咿咿——！**」小嗝嗝和神楓從空中飛過去，一起縱聲尖叫。

他們幸運地正面朝上落在下方的斜坡上——

——開始閃電般的滑行。

相信我，這世上沒有比兩個乘著光滑銀餐盤滑下超陡坡的小孩更快的東西了。

小嗝嗝當然乘坐過雪橇，卻從來沒坐雪橇滑下幾乎跟懸崖一樣斜的陡坡。不瞞你說，他們走的路線將成為歇斯底里島年度滑雪競賽的路線，賽道的名稱就是「馬鈴薯賊的逃亡路徑」：參賽者從集會堂屋頂出發，再過不到兩分鐘，他們就會滑到歇斯底里港。

「馬鈴薯賊的逃亡路徑」是內海群島最危險的平底雪橇賽道，每年都會有勇士參賽，每年也都有不少人發生意外。

小嗝嗝和神楓運氣極佳，他們沒有摔斷自己的脖子。兩個人坐在餐盤上，一路尖叫著滑下山坡，餐盤的滑行方向完全不受控。

獨眼龍和沒牙根本跟不上他們，這就和追著疾飛而過的箭矢飛行一樣困難。

屁股瘀青、令人毛骨悚然、目瞪口呆的兩分鐘過後，小嗝嗝和神楓滑到海港的冰上，速度快到疾駛過停在港口的雪橇和耐心等待他們的海鸚希望號。

他們手忙腳亂地爬下餐盤，奔向雪橇。獨眼龍飛了下來，小嗝嗝和神楓連忙幫牠裝好挽具，牠拉著雪橇快步走向海港的出口。

「我的老天啊，」神楓回頭望向歇斯底里村，現在集會堂已經和巨大的篝火沒兩樣了。「歇斯底里人一定會**氣到爆炸**。」

「恭喜，」獨眼龍一面快速前進，一面對小嗝嗝低吼。「我還是第一次遇到不光用肌肉、還會用腦袋的人類。」

「如果他真的有用腦、腦、腦袋，」沒牙抱怨著振翅追上來，疲憊地癱倒在雪橇座椅上。「我們一、一、一開始就不會過來了。」

就在這一剎那，歐斯底里人跑過山丘頂。

他們剛才戴上頭盔，每個人都穿上滑雪屐，正發出歐斯底里吼叫，狼群一般地飛速衝下山坡。他們朝小嗝嗝的雪橇射箭，但動作太慢了，滑雪屐上了冰原之後還能滑行一小段路，最後還是停了下來。這時，小嗝嗝和神楓幾乎快離開歐斯底里港了，歐斯底里人射的箭矢全都落在冰上，對雪橇毫無影響。

獨眼龍拖著雪橇跑出歐斯底里港，神楓回眸看那些氣急敗壞的歐斯底里人，忍不住放聲歡呼。

「我們成功了！」她高呼。

「我們**還沒**成功。」小嗝嗝緊張地說。他們現在在冰上疾行，斧頭砍樹般的刺耳爆裂聲變得越來越明顯，小嗝嗝擔心末日牙龍會出來攻擊他們。

「植物給你。」神楓把插著箭的冰凍馬鈴薯遞給小嗝嗝。「還有這個，這也是我在箱子裡找到的——對不起，我不該把這個也拿出來的，可是一旦開始偷東西，就很難停下來了。」

小嗝嗝接過馬鈴薯和另一件物品，心不在焉地把它們塞進胸前的口袋，他之所以心不在焉，是因為末日牙龍巨大的黑影出現在雪橇下，在冰層下追蹤他們。

「只要我們能在冰層裂開前逃到開放海域，我們就不會有事，」小嗝嗝喃喃自語。「末日牙龍不會離開索爾之怒海峽的，他已經十五年沒離開這個海峽了……」

兩側的海崖飛速而過，可怕的末日牙龍黑影緩緩在下方游動，巨大身影拖得很長。雪橇來到開放海域的邊緣，冰層還沒裂開。

「你看！」神楓燦笑著說。「**我們成功了！**」

# 第十五章　他們說不定能成功

雪橇衝上開放海域的冰層，獨眼龍拖著他們在廣大的白色冰原上奔馳，索爾之怒海峽被拋在後頭，馬鈴薯安安穩穩地躺在小嗝嗝胸前的口袋，再過三個小時就能回到博克島了。他們似乎**真的**成功了。

就在這時，不幸的事情發生了。

「那、那、那是什麼？」沒牙結結巴巴地說。牠用翅膀指向後方冰上的某個形影——一個離雪橇越來越近的黑影。

那是一隻比獨眼龍更大、更快的拉車龍，牠拖著一臺大雪橇，雪橇上是個**氣到爆炸**的男人，他屁股上有箭傷、頭上腫傷、部分鬍子被咬斷，手裡拿著一把雙刃戰斧。

他不是別人，正是瘋子諾伯。

小嗝嗝還沒時間思考，諾伯就追上來了。

他的雪橇和獨眼龍拖著的雪橇並駕齊驅，他戰斧一揮，劈斷將獨眼龍綁在雪橇前頭的韁繩和挽具。

獨眼龍繼續飛奔，但雪橇和拖在後面的海鸚希望號冷不防停止前進。

「唉唉唉我的干貝啊。」小嗝嗝嗚咽道。

雪橇像石頭一樣，停在廣闊的白色冰漠中間。瘋子諾伯拉扯韁繩，

讓他的劍齒拉車龍拖著雪橇掉頭回來，從前方進攻。

冰層下，則是末日牙龍。

十五年來，末日牙龍首次離開索爾之怒海峽。

牠在雪橇不再前進時停了下來，雪橇正下方就是牠駭人的綠色眼睛，雪橇彷彿坐在靶心……

……等著被瘋子諾伯打爆。

諾伯跳上小嗝嗝的雪橇，他又高又可怕，而且**瘋得很徹底**。

「**哈哈！**」瘋子諾伯大吼一聲，快樂的殺意令他眼皮直跳。「**噁心的金髮小刺客，我逮到妳了！妳膽子很大嘛，竟敢拿我的馬鈴薯敲我的頭，我要讓妳學到教訓！**」

瘋子諾伯高舉戰斧，正要砍死神楓，小嗝嗝突然大聲說：「諾伯，還是別砍她比較好。」

小嗝嗝伸手從胸前的口袋掏出插著箭矢的馬鈴薯，今天上午氣溫比較暖，馬鈴薯剛才被放在小嗝嗝毛茸茸的背心口袋裡，已經解凍了。

諾伯掃了小嗝嗝一眼，震驚地倒抽一口氣，眼睜睜看著……

**……小嗝嗝拔出插在馬鈴薯上的箭。**

小嗝嗝之前就告訴過諾伯，馬鈴薯解凍後，就算是力氣很小的小孩也能輕鬆把箭拔出來。

小嗝嗝把箭拔出來又插回去好幾次，讓諾伯看個清楚。

瘋子諾伯手一鬆，戰斧脫手。

「我父親的預言！」他抱頭尖叫。「真不敢相信……不可能！你……你這個噁心的毛流氓馬鈴薯賊……**你**……你怎麼會是被選中的人……**你**怎麼可能解除詛咒，消滅末日牙龍……？」

小嗝嗝一本正經地點點頭，心裡想的是：**他真的瘋了，瘋得無可救藥**。

就在這一刻，太陽從地平線升上天空……

陽光從周遭的冰雪與末日牙龍的綠色巨眼反射到小嗝嗝臉上，光芒照得小嗝嗝不得不用手臂遮擋。

一百萬條鞭子的劈啪聲、一兆把斧頭的劈砍聲、一千道索爾之雷的巨響，迴盪在冰原上。

冰層從左到右裂了開來。

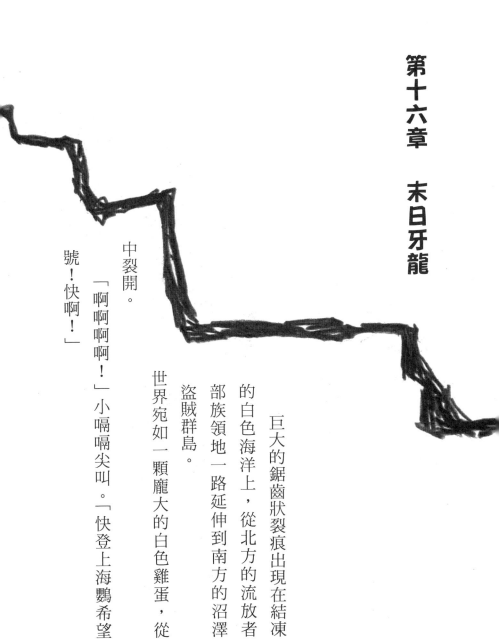

# 第十六章　末日牙龍

巨大的鋸齒狀裂痕出現在結凍的白色海洋上，從北方的流放者部族領地一路延伸到南方的沼澤盜賊群島。

世界宛如一顆龐大的白色雞蛋，從中裂開。

「啊啊啊啊！」小嗝嗝尖叫。「快登上海鸚希望號！快啊！」

瘋子諾伯、神楓和小嗝嗝衝出雪橇，踩著開始浮動的冰塊跳上小船。

「**放下船帆！**」小嗝嗝尖叫著努力割斷將小船固定在雪橇後方的繩索。

放下的船帆被風吹滿，像大枕頭一樣鼓了起來。冰層又發出「喀嚓！」一聲巨響，乖戾海的冰層裂成幾百萬個碎片，雪橇靜靜沉入灰綠色海水，再也不見蹤影，海鸚希望號則漂在水上。

小嗝嗝看到遠在天邊的博克島，以及從冰層裂縫昂起頭的末日牙龍。

末日牙龍從海裡直起巨大的身軀，海水與冰塊從牠身上落到海鸚希望號裡，巨龍很高、很高，高得不可思議，剛升起的太陽都被牠高大的身體擋住了。

牠發出一種難聽至極的聲音，卻哀傷得令人忍不住想哭，那聲音像蜘蛛般竄上你的背脊，在你頭皮竄來竄去，害小嗝嗝每一根頭髮都像刺蝟的刺一樣豎起來。末日牙龍漆黑得如同肌肉結實的大黑豹，牠張開血盆大口，露出和眼睛一樣綠的鋸齒狀牙齒，多得冒泡的黃色口水在清晨冷空氣中冒著蒸氣。

牠全身熱氣奔騰，大朵大朵的蒸氣雲從牠龐大的身體噴向天空，宛如一匹奔馳了好幾英里、側腹散發熱氣的馬。

「牠來找**我**了……」瘋子諾伯怕得直顫抖。

「不是，」小嗝嗝說。「是來找**我**的。」

末日牙龍好像**真的**在看小嗝嗝。

小嗝嗝似乎從一開始就知道自己來到歇斯底里島，就必須和末日牙龍正面交鋒。

「別看他的眼睛。」獨眼龍警告他。

我不建議你注視龍族的眼睛，可是小嗝嗝很難「不」去看末日牙龍的眼睛，那雙眼睛宛如兩顆綠色太陽，太大、太近了。小嗝嗝被盯得頭暈目眩，差點失去平衡、摔下小船。

「你到底想做什麼？」小嗝嗝絕望地用龍語大喊。

末日牙龍張開大嘴，試著說話，卻只能發出令人汗毛直豎的「哀號」，泡泡般的黃色口水從牠嘴裡滴了出來，形成噁心的瀑布。牠又試了一次，仍然只能發出那種恐怖的聲音，而且比剛才更大聲。

「怎麼了？」小嗝嗝問。

可是巨龍就是說不出話來，牠越試越火大，開始噴射藍色龍火，火焰逐漸逼近小嗝嗝。「他到底要我**怎麼樣**？」小嗝嗝急切地問。

「我們完蛋了。」諾伯絕望地搓手說。

神楓拍拍諾伯的背。「不會有事的。」她一次又一次重複。「我們一定會平安離開，索爾一定會保佑我們的……小嗝嗝一定能想到妙計……」

「喔對，」諾伯恍然大悟。「對啊！我父親的預言！『他』是被選中的人，只有他能幫我們消滅

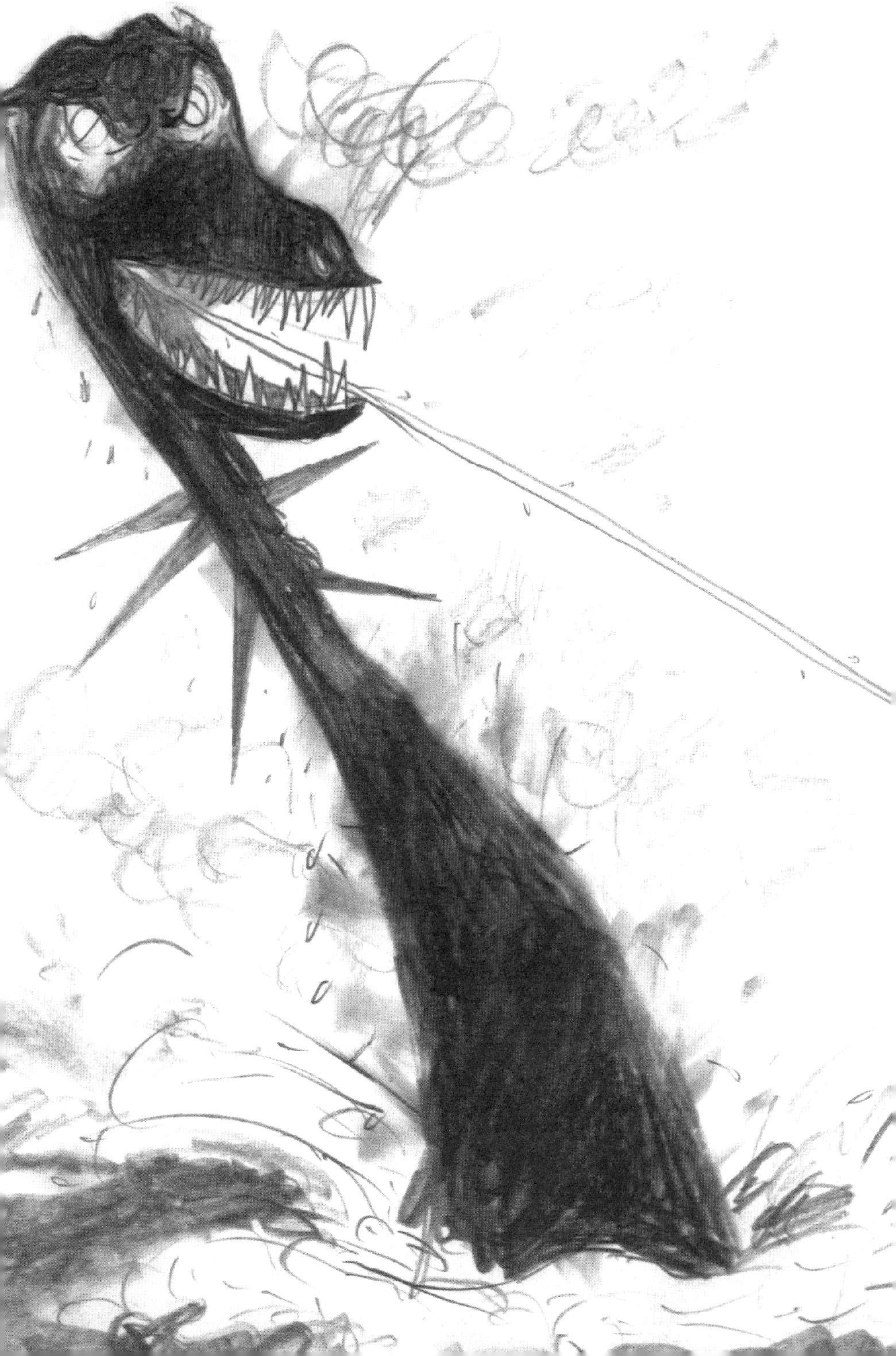

末日牙龍！」

但小嗝嗝難得「沒有」想到妙計。

「你到底想做什麼？」他又問。這次，他像是在跟自己說話。

末日牙龍又試著溝通，卻只能發出混亂、難聽的聲響，於是牠張大了嘴，深深吸入一口氣。

小嗝嗝實在不曉得自己犯了什麼錯，得罪了這隻巨龍。說不定末日牙龍發瘋了，就是想吃人？牠十五年前殺了諾伯老爸，現在是不是也想殺死他們？

牠的嘴巴瞄準海鸚希望號，小嗝嗝努力做心理準備，等著龍火將小船點燃、等著成為烤肉。

但是，從末日牙龍嘴裡射出來的並不是龍火，不是能瞬間將三個人類和沒牙都送上英靈神殿的冰凍火焰。

末日牙龍嘴裡射出一條迅速延展、長得和肌肉巨蛇很像的「舌頭」。

那條脈動著的粉紅色「舌頭」長達一百公尺，它直直射向小嗝嗝左手，扭動著、蠕動著，溼答答的噁心舌尖鑽到小嗝嗝手心，分岔的舌尖捲住小嗝嗝手裡的馬鈴薯。

小嗝嗝當下差點放開馬鈴薯，但他忽然靈光一閃，明白巨龍想做什麼了。

他放下羽毛人的箭，雙手握住那顆馬鈴薯，末日牙龍舌頭上噁心的口水流了他滿手。

小嗝嗝用——力——拉——

末日牙龍也用——力——拉——

馬鈴薯就只有一顆，他們兩個都想得到它，他們兩個都「需要」它。小嗝嗝試著抓緊沾滿黏滑口水的馬鈴薯，他好不容易偷了馬鈴薯，都在回家的路上了，博克島的輪廓就在前方，他不能**現在**失敗，不能現在失去魚腳司。

他全身往後仰，使出前所未有的力氣和末日牙龍拔河，可是末日牙龍也不願放棄。小嗝嗝才二十五公斤重，怎麼可能在拔河比賽中勝過一隻不知比他重

多少倍的巨龍？

答案當然不是「不可能」，但我們必須面對現實，小嗝嗝「不太可能」獲勝。

小嗝嗝說什麼也不肯放手，他絕對不會放手，要他在那裡跟末日牙龍拔河一天一夜他都願意。

但末日牙龍分岔的舌頭一一掰開小嗝嗝的手指，同時扭了扭，用力一扯，硬生生將馬鈴薯從小嗝嗝手裡奪走。

小嗝嗝往後跌，摔倒在小船上。他眼睜睜看著噁心的大舌頭迅速收回末日牙龍嘴裡，像是抓到蒼蠅的蟾蜍舌頭，血盆大

口重重闔上。小嗝嗝在目前為止短短的一生中，從未感到如此絕望。

末日牙龍將馬鈴薯吞下肚子。

冒險結束了。

馬鈴薯消失了。

冒險結束了。

# 第十七章　冒險結束了

小嗝嗝看著末日牙龍仰天尖叫，彷彿被巨矛刺中，他止不住簌簌落下的眼淚。

末日牙龍朝天噴出一大片冰藍色龍火，火焰像倒轉過來的瀑布，射中高空一朵小雲，雲朵立即結冰，變成鮮藍色。就這樣，末日牙龍緩緩沉到海面下，留下不斷擴散的巨大漩渦與漣漪。

漣漪碰到海鸚希望號，造成小船劇烈搖晃，又繼續擴散到歇斯底里島的海岸，沿著索爾之怒海峽蔓延。

小嗝嗝坐在小船上，他知道末日牙龍不會再昂起巨大的頭顱、吐出馬鈴薯，或用別種方式將那顆珍貴的植物還給他……但他不敢相信這是事實。海面漸漸平復下來，小嗝嗝的最後一線希望隨著漣漪消失了。

這真的是大冒險的結局。

現在，最近的馬鈴薯在西方某個遙遠的大陸，一個傳說中名叫「美洲」的地方，距離小嗝嗝好幾千英里。

「他走、走、走、走了！」沒牙震驚地輕聲說。

崖上那排遠遠靜觀的歇斯底里人大喊了起來：「**末日牙龍走了！末日牙龍走了！奇怪的紅髮小男孩萬歲！末日牙龍走了！**」

和打嗝戈伯的鼻子一樣藍的雪，靜靜地、輕輕地從那朵冰雲落下。藍雪如加冕典禮的碎紙片般落在小嗝嗝頭上、獨眼龍雪白色的背上，還有沒有牙的龍角之間。

「**你**是被選中的人。」瘋子諾伯喃喃地說。他還是不敢相信自己的眼睛。

「是**你**把末日牙龍趕走了。是**你**解除了歐斯底里島的詛咒？」

小嗝嗝突然怒不可遏。他氣的不是諾伯，而是諸神。

過去漫長的六個月，他一直祈禱春季來臨，祈禱雷神索爾讓冰層融化，結果現在，他跟神楓經歷了如此驚心動魄的大冒險，差那麼一點點就要完成不可能的任務了——索爾居然在最糟的時

機讓冰層融化，放出末日牙龍。

而現在天空竟降下可笑的藍雪，像在諷刺之前鼻涕粗說的話。

**「你」永遠不可能當上毛流氓部族族長，除非白雪變得跟打嗝戈伯的鼻子一樣藍。**

諸神在嘲笑小嗝嗝、玩弄小嗝嗝。

小嗝嗝對天用力揮拳頭。

「我**不想**當被選中的人！」他對藍天怒號。「我**不想**當毛流氓部族的族長！我**不想**解除諾伯

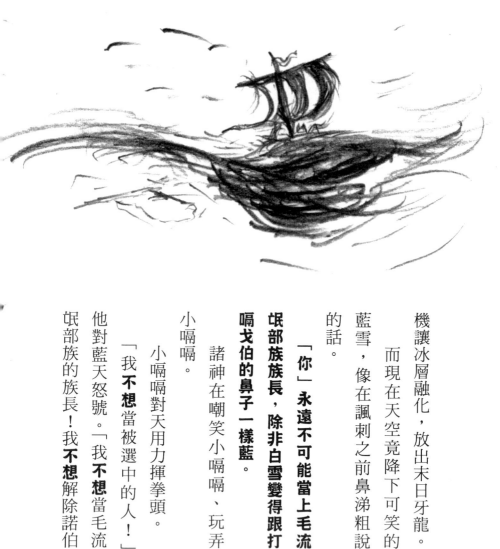

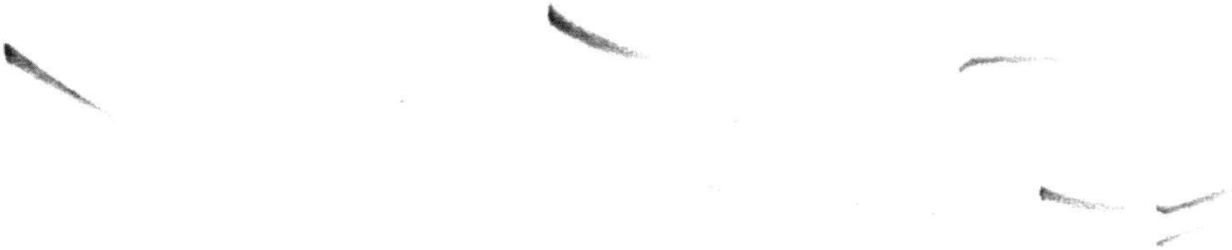

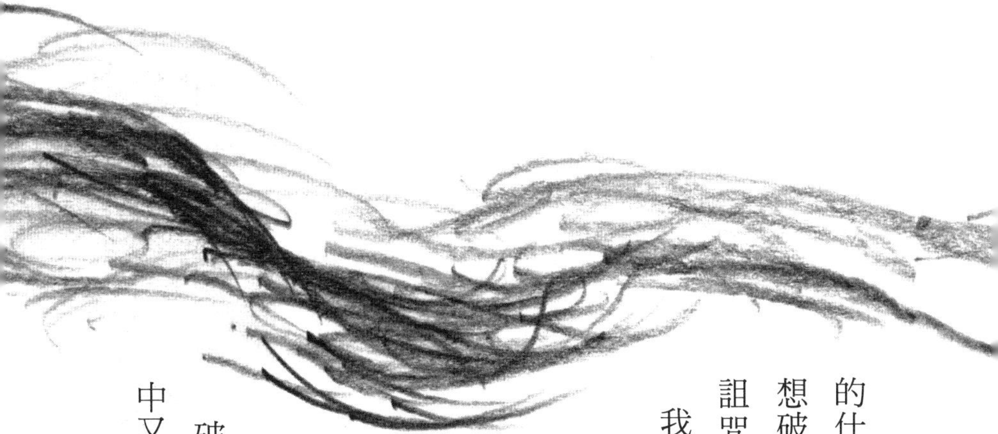

的什麼爛詛咒！我只想破除**魚腳司**身上的詛咒！我只是想救我的**朋友**……」

荒謬的藍雪沒有理睬他，繼續從天而降。

小嗝嗝哭了起來。

「我只是想救我的朋友……」他啜泣著說。「魚腳司那麼信任我，他相信我有辦法破除詛咒……」他轉向諾伯，心中又燃起新的希望。

「你還有『第二顆』馬鈴薯嗎？」小嗝嗝問。

瘋子諾伯搖了搖頭。「我父親只從美洲帶回『一顆』馬鈴薯，」他咬牙切齒地說。「所以它很珍貴……」

瘋子諾伯猶豫不決地將戰斧從一隻手交到另一隻手，眼皮跳起瘋狂的西班牙舞蹈。

「我不知道該怎麼做才好！」瘋子諾伯尖呼。「你射了我屁股一箭、偷了我的美洲植物、把我的鬍子咬掉、把我老爸餵給尖叫龍吃，還燒了我的集會堂！」

他顫抖的雙手似乎自動往前伸向小嗝嗝的脖子……他在最後一秒阻止自己。

「可是說來真的很不可思議，你**的確**解除了歇斯底里島的詛咒，我不能無視我父親的預言。所以，我**這一次**會放你走，但你以後要是敢再出現在我面前，我會當場宰了你。別怪我沒警告你。」

「別擔心，」小嗝嗝難過地說。「我也不想再見到你了。對不起，是我害你的集會堂燒毀，是我害你的鬍子被咬掉，還有你的屁股……還有……這**一切**都是我的錯，我真的很抱歉……我只是想救我朋友的命而已。」

瘋子諾伯從腰帶拔出小嗝嗝的劍，他咒罵一聲，把劍丟在海鸚希望號後爬回自己的雪橇，飛速駛回歇斯底里島。籠罩歇斯底里島十五年的詛咒被小嗝嗝解除了（這雖然不是小嗝嗝最初的目標，但實習英雄就是常遇到這種事），總之，少了末日牙龍的詛咒，歇斯底里人又能航海了。

哀傷難過的小嗝嗝和神楓搭著海鸚希望號，朝遠方小小的博克島前進。

小嗝嗝憂鬱到無法開船，所以由神楓掌舵。

一陣強風吹著海鸚希望號飛速前行，他們不得不閃躲漂在海上的冰山。倘若小嗝嗝心情好一些，他也許能享受久違的暖風吹拂臉龐的感覺。

過去六個月，他們一直被困在漫長的冬季，對習慣被永不停歇的海浪包圍的維京人來說，海上靜止的雪白冰原太過詭異，彷彿連時間都進入冬眠、停止前進。冬季的世界沒有氣味、沒有聲音、沒有動靜，什麼都沒有，它就是一片無限延伸的白色世界，冷到小嗝嗝的頭盔貼在額頭上，感覺都像火焰在灼燒他的皮膚。

小嗝嗝一直很期待冬季結束的那一天，現在春季真的來了，冬季的魔咒解除了，大海再度活了起來，吹過沼澤草地的風捎來龍族的叫喚與歡呼聲，以及新鮮的海水鹹味。

小嗝嗝這輩子從沒這麼難受過。

「我不懂。」默默航行半個小時後，神楓終於開口。「末日牙龍**為什麼**要把『沒人敢說出名字的植物』吃掉？他過去十五年一直待在索爾之怒海峽，**為什麼**今天突然離開海峽了？剛剛**到底**發生了什麼事？」

小嗝嗝嘆息一聲，抬起頭來。「這個嘛，」他說。「我當然不知道確切答案——這應該只有末日牙龍自己知道——不過我猜**末日牙龍得了渦毒病**。」

神楓瞠目結舌地看著他。

「渦毒病該有的症狀他都有，」小嗝嗝接著說。「他舉止瘋狂、眼睛發紅、口吐白沫，還發了高燒。末日牙龍能活好幾千年，所以對他們來說，十五年應該跟我們的兩分鐘差不多。這應該就是他看起來病懨懨、還那麼拚命的原因。末日牙龍吃了馬鈴薯就立刻痊癒了，所以不用繼續待在海峽裡，歇斯底里島的詛咒就這麼解除了。」

「你朋友的性命和一隻龍的性命，哪一個比較寶貴，又有誰知道呢？」占據船上一大塊空間的獨眼龍說。

「對我來說，我朋友的命比較重要，」小嗝嗝說。「因為我不認識那隻末日牙龍。」

氣溫十分舒適，穿著毛外套的小嗝嗝六個月以來第一次流出汗來，他脫下外套。沒牙降落在他肩頭，試著把頭藏在自己翅膀下。

「沒牙，現在冬眠已經太晚了。」小嗝嗝親暱地搔搔小龍龍角後面。「春天要來了。」

沒牙不悅地低哼一聲。

小嗝嗝瞇著眼睛望向太陽，太陽正高掛在天上，小嗝嗝能從它在天上的位置判斷時間。在他看來，現在距離早上十點鐘還有至少兩個小時……當然，現在他們沒了馬鈴薯，什麼時候回到博克島都無所謂了。

小嗝嗝的心哀傷又焦慮地狂跳，他忽然意識到自己能**聽見**心跳聲。他的心「滴、答、滴、答、滴、答」直跳。

**這就怪了**。小嗝嗝心想。

他這才想起神楓在玻璃箱裡找到的另一樣物品，他從胸前口袋取出那個古怪的圓形金屬物品。

金屬物**滴**、**答**、**滴**、**答**、**滴**、**答**不停地響。

它是個做工精緻、長得非常奇怪的小東西，比馬鈴薯稍微小一些，它前面像冰一樣透明堅硬，透明層後面有幾圈神祕的符文數字，還有至少七根不同顏色的指針。小嗝嗝盯著物品看了一陣子，發現有些指針正慢慢地自行轉動。

他打開物品背面，想看看裡頭是不是有發出滴答聲的奈米龍，可是物品內部沒有奈米龍，只有許多正在轉動的精緻金屬輪盤，也許這些金屬零件之前也被冰凍住了，直到空氣變暖，它們才醒了過來……

「**哇**。」神楓湊過去看。「你覺得這是什麼啊？」

「不曉得。」小嗝嗝說。他把圓形金屬物放回口袋，讓衣服布料稍微掩蓋滴答聲，決定晚點再來思考這件事。「應該是歇斯底里人發明的東西吧，他們雖然每個人都跟鯖魚一樣瘋瘋癲癲的，但我不得不承認，他們很會發明新東西。」

**雷神索爾啊，我拜託你了**，小嗝嗝想。**拜託不要讓魚腳司就這麼死掉……**

雨水從天上降下，融化了之前的藍雪，藍色雪水像眼淚似地從小嗝嗝頭盔的角滴落，在船上形成藍色水灘。美洲羽毛人的箭躺在其中一灘藍水邊緣，幾乎要被藍水淹沒，小嗝嗝將它撿起來，小心翼翼地收入箭匣。

所有的藍雪在五分鐘內消失殆盡，神楓、小嗝嗝、沒牙和獨眼龍身上沾了藍水，彷彿不小心被藍色顏料噴了滿身，他們頭上、身上、頭盔和龍角上都染了最純粹、最明亮的天藍色。

小嗝嗝口袋裡的金屬物繼續滴、答、滴、答、滴、答響。

小嗝嗝的心忍不住揣著一絲希望，跟著滴、答、滴、答、滴、答響。

與此同時，下著大雨的歇斯底里島上，集會堂冒出明亮的火焰與濃煙。諾伯的老爸終於得到維京人的喪禮，得以安息了。

# 第十八章　魚腳司

史圖依克站在長灘上，在豪雨中等小嗝嗝回來。

史圖依克**氣炸了**。

他剛剛才得知小嗝嗝昨晚並沒有去鼻涕粗家過夜，鼻涕粗告訴他，小嗝嗝和神楓搭雪橇趁大家參加弗蕾亞日前夕遊樂會時溜走，前往廣闊的冰之海洋了。

史圖依克問鼻涕粗為什麼沒早點把這件事說出來，鼻涕粗答不上來。

鼻涕粗當然不可能說出「真正的理由」——他暗暗希望小嗝嗝要去做又「愚蠢」又「危險」的事，如果把這件事告訴史圖依克，說不定史圖依克會在最後一刻跑去救小嗝嗝。

儘管鼻涕粗沒說，偉大的史圖依克還是在他眼底看到「真正的理由」，也看到鼻涕粗看著海港的冰層融化時，眼中的竊喜。顯然，鼻涕粗想到小嗝嗝可能會溺死在灰暗無情的海裡，心裡其實很「高興」。

史圖依克這才發現，也許鼻涕粗不是最適合當小嗝嗝朋友的人選。

我不得不說，偉大的史圖依克的管教方式很老派，他打了鼻涕粗的屁股。這畢竟是黑暗時代嘛。

打完後，史圖依克跑到長灘，希望能看見海上發生的事。他看到海上重重浮冰之間，是兒子那艘圓嘟嘟、破破爛爛的小怪船——海鸚希望號——鬆了一大口氣。

「**我的老索爾啊，你們幹什麼去了？**」偉大的史圖依克大吼。海鸚希望號的船頭剛碰到沙灘，他就大步走過去。變成藍色的小嗝嗝爬下船，直直對上父親憤怒的雙眼。

「我為了救魚腳司的命，跑去歐斯底里島找馬鈴薯。」小嗝嗝回答。

史圖依克忍無可忍。

「**我不是禁止你去嗎！**」偉大的史圖依克大吼。「**你好大的膽子，竟敢違背族長的禁令，去找什麼不存在的植物，去冒無謂的險**——」

淚水沿著小嗝嗝的臉頰滑下。「馬鈴薯**真的**存在。」他打斷父親。「我知道它**真的**存在，因為我們偷了瘋子諾伯的馬鈴薯，差點被他抓去砍頭。可是你說得對，這一切都是無謂的冒險，因為馬鈴薯被末日牙龍吃掉，魚腳司**死定了**。」

偉大的史圖依克看到兒子眼裡無助的悲愴，怒氣如海灘上的積雪在雨中消融。他尷尬地拍拍兒子的肩膀。

「兒子啊，乖，乖，」他有點手足無措地說。「『魚咬死』怎麼可能會死……」

小嗝嗝推開父親，在沙地上踉踉蹌蹌地走向老阿皺家，偉大的史圖依克、神楓、沒牙與獨眼龍都跟了上去。小嗝嗝沒有敲門，他用力打開老阿皺家的前門。

老阿皺站在房間中央，用金屬棒戳弄爐火。

小嗝嗝一時間沒看到魚腳司，過了片刻才注意到躺在床上的他，他沒戴眼鏡、全身靜止地躺著，和死屍一樣蒼白。

小嗝嗝的心臟停止跳動。

然後，小嗝嗝看到魚腳司坐起來戴上眼鏡，鬆了一大口氣。

他至少還活著。

偉大的史圖依克、神楓、沒牙和劍齒拉車龍獨眼龍跟著小嗝嗝走進屋。

「**所以呢？**」偉大的史圖依克高吼。「**『魚咬死』到底會不會死？**」

老阿皺尷尬地動了動腳。「啊，呃，史圖依克，這事說來真巧……呃，其實，魚腳司好像沒有生命危險……」

「**什麼叫沒有生命危險？**」偉大的史圖依克大吼。

「我之前的診斷恐怕不太精確，」老阿皺緊張地乾笑幾聲。「用火堆占卜是

很複雜的活……細節我先不說，但相信我，這**一點**也不簡單……總而言之，魚腳司並沒有得渦毒病，他只是患了重感冒，引發狂戰士模式而已。我讓他充分休息，餵他喝了很多檸檬蜂蜜，現在他康復了。」

魚腳司腳步不穩地站起來，對偉大的史圖依克粲然一笑。

「我**沒事！**」他愉快地張開雙臂說。

小嗝嗝不敢相信自己的眼睛。

魚腳司居然不會死。

「**他還活著！**」小嗝嗝歡呼著衝

上前擁抱好朋友。一場冒險難得有這麼簡單、這麼不複雜的結局，真是太好、太好了。

沒牙舔了魚腳司耳朵一下，對沒牙而言，這已經算是很友善的舉動了。獨眼龍慢悠悠地說：「好啊，好啊，這次的冒險很值得，不是嗎？」神楓也高興地翻了好幾個筋斗。

但史圖依克不肯接受這個結局。

「**你的意思是，**」他對老阿皺怒吼。「**是你超爛的占卜，害我兒子大老遠跑去歇斯底里島，差點被瘋子諾伯砍頭，還和末日牙龍正面交鋒——然後這一切都是無謂的冒險？**」

「這個嘛，史圖依克，他們的冒險稱不上『無謂』。」老阿皺解釋道。「請你安靜聽我說明。占卜是門複雜的藝術，當我看著火焰——」

「『魚咬死』到底有沒有得渦毒病？」史圖依克插嘴問。

「沒有。」老阿皺承認。

「**那小嗝嗝根本就不必冒險嘛！**」史圖依克狂吼。

「父親，不要為難老阿皺嘛。」小嗝嗝說。「反正都沒事了，沒必要浪費時間生氣……」

小嗝嗝笑了起來，可是他笑到一半，左手突然變得麻木。

小嗝嗝驚訝地低頭看著自己的手。

「我的手臂怎麼沒感覺了？」他說。

這時，他的右手也失去知覺。

小嗝嗝今天一直感覺很熱，現在卻突然覺得自己要燒起來了，豆大的汗珠從他臉上滾落，他的肩膀與胸口開始冒蒸氣。

小嗝嗝．何倫德斯．黑線鱈三世猛然全身一僵，通紅的雙眼直直盯著前方，他癱倒在兩分鐘前魚腳司躺著的床上。

# 第十九章　最後一章

有時候到了最後一章，你才會發現一場冒險的「真相」。

史圖依克氣得發紅的臉，瞬間變得和紙一樣白。

「末日牙龍……」偉大的史圖依克痛苦地輕聲說，邊說邊衝上前抱住全身僵硬的兒子。「我的奧丁大神啊，我的弗蕾亞女神啊，毛茸茸手指的雷神索爾啊，小嗝嗝被末日牙龍的冰火灼傷了……他在一場愚蠢**無謂**的冒險中被燒傷了……」

滿身是毛、高大壯碩的史圖依克哭了出來。

「唉呀我的老索爾啊，史圖依克，」老阿皺凶巴巴地推開史圖依克。「你就

不能**安靜**聽我說話嗎？我的占卜技術沒有**那麼**差好不好，小嗝嗝變成這樣跟末日牙龍一點關係都沒有。」老阿皺幫小嗝嗝把脈，撐開他的眼皮檢查眼睛，敲了敲他和樹幹一樣僵硬的胸口。「這就是『渦毒病』。」

史圖依克倒退兩步。「這是什麼意思？」他張開發白的嘴脣問。

「意思是，」老阿皺說。「用火焰占卜時，我可能把一個小怪胎和另一個小怪胎搞混了，被渦蛇龍螫傷的不是魚腳司，而是**小嗝嗝**，所以患渦毒病的也是**小嗝嗝**。所以，既然現在已經……」

（老阿皺把手伸進小嗝嗝胸前的口袋，希望能找到馬鈴薯，結果他拿出來的是那個滴滴答答的金屬物。他看著金屬東東上面的數字，點了點頭。）

「……喔喔，現在已經是弗蕾亞日上午九點五十五分了！」老阿皺小心翼翼地將金屬東東放在小嗝嗝身旁的床上。「你兒子患了渦毒病，他只剩五分鐘的壽命了。」

老阿皺笑了笑，好像不太擔心。

「要在這麼短的時限內找到解藥很困難，但幸好，」老阿皺說話的語氣像極了魔術師。「**幸好**你兒子在『愚蠢**無謂**的冒險』中找到解藥，把它帶回來了。神楓，馬鈴薯在哪裡？它好像不在小嗝嗝的口袋裡……是不是在**妳**那邊？」

神楓變得和獨眼龍背上的毛一樣白，麻木地搖了搖頭。「馬鈴薯……沒了。」她喘著氣說。

老阿皺驚恐地張大嘴巴。

「**馬鈴薯沒了？**」老阿皺尖叫。「**什麼叫『馬鈴薯沒了』？馬鈴薯不是在你們手上嗎！**」

神楓又搖了搖頭。「馬鈴薯沒了。」她悄聲說。

「可是我看到了，」老阿皺輕聲說。「火焰明明就說你們會帶著馬鈴薯回來……我再也不相信那些該死的火焰了……它說得**很清楚**啊，它說你們會拿到馬鈴薯的……」

「我們是『拿到』馬鈴薯了沒錯，」神楓哀愁地說。「可是它後來被末日牙龍**吃掉**了。」

「我的天啊。」老阿皺吞了口口水。

**馬鈴薯沒了**。

高齡九十三歲的老阿皺忽然顯得特別蒼老，身體像乾巴巴的落葉似地縮了起來。

可憐的小嗝嗝根本不曉得，他之前在船上不該為魚腳司哭泣，應該為自己哭泣才對。

因為兩個月前，在逃離陰邪堡路上被渦蛇龍螫傷的人，正是**小嗝嗝**。

他一直擔心好朋友會死，結果現在離死不遠的不是魚腳司，而是他自己。

「**我該怎麼做？**」偉大的史圖依克大吼。「有沒有別的解藥？別的療法？」

老阿皺搖了搖頭。「馬鈴薯是渦毒病唯一的解藥。」

「**我去找馬鈴薯！**」偉大的史圖依克不愧是行動派，他毅然決然拔劍跳起來。「**我要去哪裡找馬鈴薯？還剩多久？**」

「這個嘛，」老阿皺哀傷地說。「最近的馬鈴薯在一片名叫『美洲』的大陸上，如果你相信美洲真的存在，那它大概離這裡三千五百英里遠。至於時間……」他看看躺在小嗝嗝身旁的錶。「……只剩**三**分鐘了。」

就連史圖依克也發現問題所在。

他在房裡來回踱步，懊惱地亂扯鬍子。

老阿皺、神楓和獨眼龍都坐在小嗝嗝的床邊。

如果是兩天前，獨眼龍聽到世界上將要少一個人類，應該會很高興，但現在牠怎麼也高興不起來。

一大滴眼淚從牠唯一的眼睛流下來，沿著劍齒滴到地上。

小嗝嗝的身體和木板一樣僵直，皮膚又熱又紅，沒牙舔了舔他通紅的臉，希望能讓他稍微涼下來。

「**末日牙龍！**」偉大的史圖依克高呼。「**不然我去找末日牙龍，逼牠把馬鈴薯吐出來！**」

「那你還得先在無邊無際的大海裡找到末日牙龍，」老阿皺疲憊地看著錶說。「而且時間只剩**兩**分鐘了。」

「史圖依克，還是面對現實吧。」老阿皺輕聲說。「你說的這些不是『不太

可能』……而是『不可能』……」

魚腳司站在房間陰暗的角落，遠遠看著好朋友的臉。

小嗝嗝好像想說話，可是他僵硬、發燙的嘴巴就是說不出來。

之前在乖戾海上，末日牙龍試著對小嗝嗝說話時，也是這副模樣。

「餓——我……」小嗝嗝急迫地咕噥。「**餓——我！**」他試著用

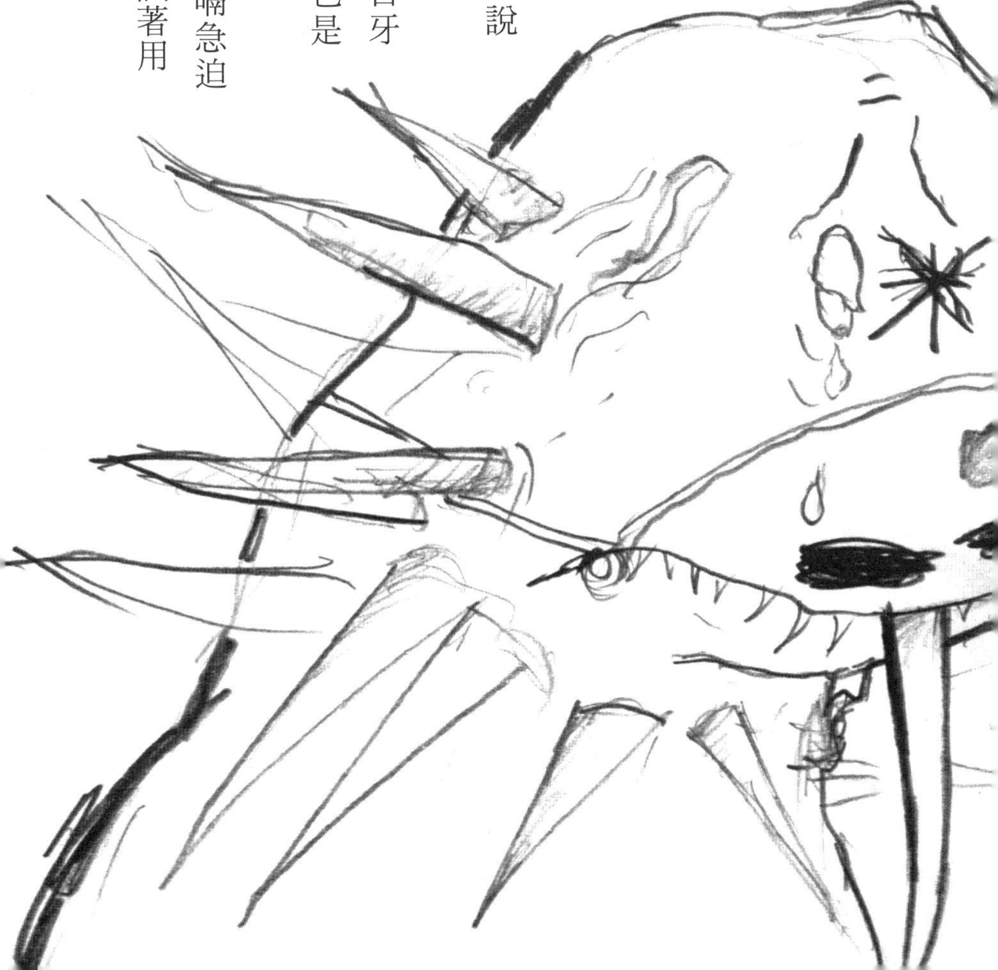

手指向什麼東西，手卻僵硬得像是用木頭做的。

老阿皺摸摸他的頭，用水幫他擦洗額頭。史圖依克哭得肩膀不停發顫。

「——**餓我！**」可憐的小嗝嗝再次呼喊。

魚腳司跟著朋友的視線望過去，小嗝嗝好像盯著門邊的桌子。

桌上放著小嗝嗝的毛外套、頭盔和弓箭，他剛才走進屋時順手把這些東西丟在桌上。

「只剩一分鐘了。」老阿皺悄聲說。

「**餓**——**我啊！**」小嗝嗝急切地重複道。

有時候，只有真正的好朋友聽得懂我們想表達的話語。

因為這個人和我們相處了很久，每次都仔細聽我們說話，也會努力理解我們的意思。

**魚腳司**理解了。

他不知道**為什麼**，可是他相信小嗝嗝，也知道小嗝嗝總是能想到最好的方法。

魚腳司拿起小嗝嗝的弓。

他從箭匣抽出一支箭，那支做工精美、用魚腳司從來沒看過的鳥羽裝飾的箭。

魚腳司把箭搭在弦上，

瞄準小嗝嗝。

史圖依克哭到一半，錯愕地抬起頭。他兒子再過幾秒就要死了，那個奇怪的魚臉朋友還打算對他射箭？那傢伙**果然**是瘋瘋癲癲的怪胎。

史圖依克大喊。「**別射箭！**」

他龐大的身軀往前撲，試圖為兒子擋下這一箭。史圖依克想保護的當然是小嗝嗝的心臟和胸口，他不曉得魚腳司的射箭技術有多差，所以他跳得太高了。

魚腳司鬆手射出箭矢，箭搖搖晃晃地在空中劃了個弧，最後射中小嗝嗝右腳大拇趾，箭尖穿過溼答答的靴子，刺入皮膚。

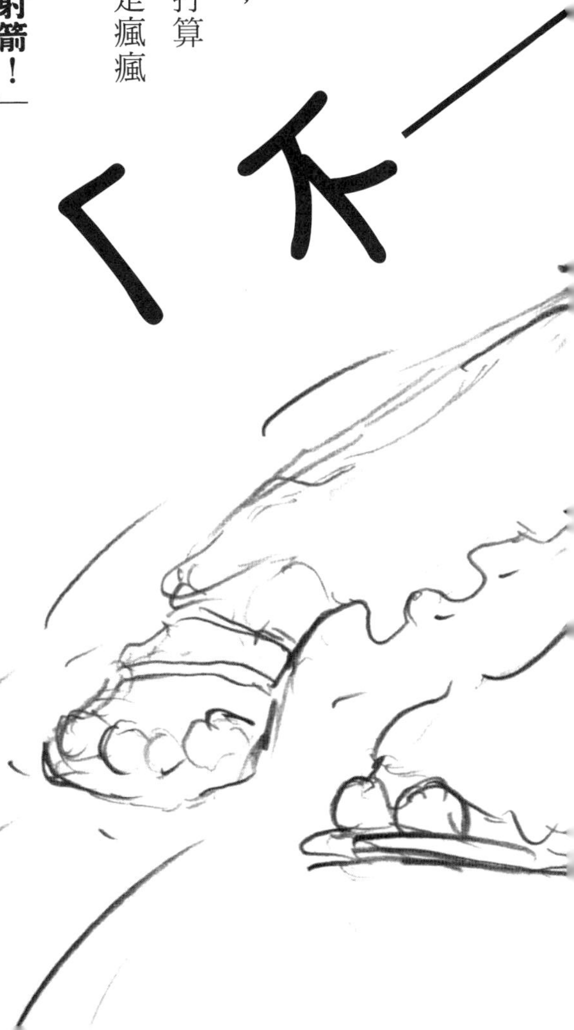

箭能刺中小嗝嗝實在是奇蹟中的奇蹟，這應該是魚腳司**唯一一次**命中他想射的目標。

這支箭矢過去十五年一直泡在「馬鈴薯」的魔法汁液裡，而這支箭剛好在弗蕾亞日上午十點鐘刺入小嗝嗝右腳大拇趾。

過去十五年來，馬鈴薯的汁液沾附在箭尖的金屬表面，現在解藥滲入小嗝嗝的血液，在每一條靜脈、每一條動脈裡流竄，流到小嗝嗝僵硬、火熱的小身體每一個角落，讓他的身體冷卻下來。

小嗝嗝僵硬的手臂在大家面前恢復彈性，胸口又開始起伏，空氣從他的鼻孔呼出來。他睜開眼睛。

「父親，早安。」小嗝嗝說。

史圖依克受不了這麼多刺激，六呎七吋高、直徑三呎的他當場暈倒，讓「他」甦醒可就麻煩得多了。

史圖依克不省人事地倒在地上，老阿皺打了他幾下，小嗝嗝搖了搖他，神楓搔了搔他腳底，最後，是魚腳司跑到屋外裝了滿滿一桶雪回來，直接潑在史圖依克臉上。史圖依克終於恢復意識，邊咳嗽邊猛地坐起身，忙著吐出嘴裡的雪、抖掉鬍子裡的雪。

「你**還活著！**」他開心地大叫一聲，用力抱著兒子，力道大得小嗝嗝覺得肋骨要裂了。「偉大的弗蕾亞女神的大鬍子和粗壯大腿啊，你**還活著！**」

「他**是**還活著。」老阿皺意有所指地說。「所以，你應該道歉。」

史圖依克皺起眉頭。一個偉大的族長再怎麼寬慰、再怎麼欣喜，也不願拉下臉皮道歉，但他內心掙扎片刻後，還是勉為其難地收起自尊心。

「你說得對，」史圖依克說。「對不起，我錯了。老阿皺，你**不是**野蠻世界最沒用的占卜師，我不該隨便罵你的。小嗝嗝，你之前說得沒錯，你冒險找冰

凍馬鈴薯，救奇怪的小朋友，是**正確**的選擇。」

史圖依克轉向魚腳司。

「還有，『**魚咬死**』，」他嚴肅地大聲說。「是我小看了你。」

魚腳司滿臉通紅，結結巴巴地說：「哪裡，哪裡。」

「是我錯了。」史圖依克舉起一隻毛茸茸的大手。「族長如果犯錯，就應該大方承認。你**的確**是個小怪胎，但你是個**忠心**的小怪胎。我的兒子總有一天會成為族長，到時候他會需要你這種忠心的人。」

史圖依克說這些話的同時，受不了噁心的擁抱和道歉的沒牙飛到旁邊，在火爐前找了個溫暖的好位子。

「小嗝嗝，」沒牙舒舒服服地躺下來，睡眼惺忪地。「接下來五、五、五分鐘有人會死、死、死掉嗎？」

小嗝嗝笑著把沒牙的問題重複給老阿皺聽。

「不會。」老阿皺正經八百地說。「我非常仔細研究過火焰了，我**十分肯定**，接下來五分鐘**不會**有人死掉……但壞消息是，打嗝戈伯會被魚腳司傳染重感冒。」

「好喔，」沒牙打了個哈欠。「既然沒、沒、沒牙沒事做，沒牙要睡覺了。」

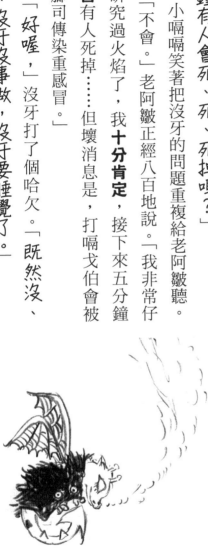

百年來最寒冷、最漫長的冬季過去了，內海群島終於恢復生機，冰雪開始消融，躲在地底冬眠的狩獵龍紛紛睜開眼睛，開始往地面挖。就在春季來臨的這一刻，沒牙**終於**放鬆身體，開始冬眠。

獨眼龍在牠身旁趴下來睡覺，打呼聲和有鼻竇炎的恐龍一樣響亮。

老阿皺向史圖依克說明起占卜的細節。

小嗝嗝和好朋友魚腳司與神楓走到屋外，今天他們什麼事都不做，專心享受春日風光。我最喜歡這種日子了。

至於打嗝戈伯，他一早醒來就覺得頭痛、喉嚨痛，而且長流的鼻水形成了綠色大河。

看樣子，維京人**還是**會感冒嘛……

維京人才不會生病……
只有廢物才會得流感……
只有娘娘腔才會傳染瘟疫……

—啾——！

哈——

# 最後的維京英雄——小嗝嗝·何倫德斯·黑線鱈三世——的後記

那隻末日牙龍為什麼要在凍結的那一刻，偷我的馬鈴薯呢？小時候的我猜是因為他患了渦毒病，但我一直不知道**確切**答案。

多年後，我長成了高䠷的青年，首次以船長的身分開船出海，完成了某個瘋狂又危險的任務，卻在回航時發現有東西在**跟蹤**我們的船。那個東西一直跟著我們，跟了好幾天，而且一直和船保持相同的距離。我花好幾個小時在桅杆上遙望天邊那抹黑影，試圖猜出那東西究竟是鯨魚、鯊魚還是巨龍，究竟是朋友還是敵人……我心裡一直有種奇怪的感覺，我知道那是我從前見過的東西。

直到船隻駛入乖戾海，那個東西才接近我們，看到他閃亮的黑色外皮，我立刻猜到他是隻末日牙龍。我之前擔心他會攻擊我們，但他並沒有這麼做，反而和我們的船嬉戲，先是游在船的旁邊，又從船下竄到另外一邊，每繞一圈就會靠近一些。

我知道海豚——甚至是座頭鯨——有時候會這麼做，牠們對船隻很感興趣，能這樣玩上好幾個鐘頭，可是末日牙龍非常少和船隻玩耍。末日牙龍對人類的態度，和**我們**人類對昆蟲的態度差不多：對他們而言，我們是不值得理睬的低等生物。

可是這隻末日牙龍不一樣，他很顯然成年了，和我們的船一樣大，身長至少是我們這艘船的五倍，但他還是像幼龍般繞著船戲耍，直到最後尾巴用力一甩，展開巨大的翅膀飛出水面。他從船上方跳過去，差一點就要碰到船桅。

長長的龍身遮擋陽光，我手下的戰士們駭異、驚奇地連連驚呼，我認出這隻龍時，也跟著倒抽一口氣。他是我以前遇到的那隻末日牙龍，他沒有被殺、沒有死、沒有消失，反倒健康得不得了，而且他在沾沾自喜的同時好像也對我懷有好感。

巨大的末日牙龍從船的另一側入水時，把腿縮到側邊，用恰到好處的角度跳進海裡，完全沒激起漣漪，我們的船連晃都沒晃一下。巨龍游在小船旁，近到我伸出手就能觸碰他漆黑、閃亮的身軀，他還翻過來躺在水上，揮手似地搖了搖翅膀，血盆大口似乎對我露出笑容。

從那次之後，每次我出海，這隻末日牙龍就會跟在我的船邊。他不是末日詛咒，而是我的守護神。

我每次在海上遭遇危險（我們維京人的生活非常刺激、非常危險），失去希望時，這隻末日牙龍都會出現。

我在躁動西海遇到使一千艘船沉沒的大風暴時，是末日牙龍帶領我的船回到安全海域；我在食人島附近發生船難時，是末日牙龍救了我一命；我的船被大怪獸用烏賊觸手緊緊包住時，是末日牙龍幫我和怪獸奮鬥。

我曾經在天寒地凍的一個冬日救了他一命，做為回報，他也救了我無數次。

現在我年老力衰，動作跟大海龜一樣遲緩，頭髮和少斑啄雪鳥一樣白，我不再需要他救我，但他還是會跟在我的船旁邊。

我得到的結論是，你**可以**逃過龍的詛咒。

你不必接受命運為你安排的未來。

看看**我**，我過去是史上最瘦小、最不像維京人的維京人，現在我可是世界知名的大英雄。我常常作同一個夢，夢到瘋子諾伯把戰斧抛到很高很高的空中，戰斧在空中翻轉，眼看黑刃就要劈下來，我的部族將被厄運吞噬……在無數場夢裡，我一次又一次跳出去，閃過金刃與黑刃，在斧頭落地前接住握柄。我的運勢，由我自己掌控。

如果我沒有展開冒險，馬鈴薯現在應該還冰凍在歇斯底里島上，對誰都沒有用處。冒險回來後，我將救了我一命的箭矢埋在我家外面的泥地裡，結果奇蹟發生了！也許箭上黏了一顆種子……

過了一段時間，我在春暖花開的時節發現那個位置長出一棵奇怪的綠色植物，我把箭挖出來，發現一顆比之前那顆還要大的馬鈴薯長在箭上，把箭尖給包起來了。我用這顆馬鈴薯種下**更多**馬鈴薯，現在博克島和蠻荒群島到處都有馬鈴薯，從此以後，**再也沒有**人或龍死於渦毒病了。

（我還發現馬鈴薯煮熟後很好吃，你可以把它做成馬鈴薯泥，或配一點融化的奶油吃。）

最重要的是，如果我沒有踏上尋找冰凍馬鈴薯的冒險，我不可能拯救好朋友魚腳司。有些人認為魚腳司是小怪胎，但他是我最好、最好的朋友——

**等一下**。

相信看到這裡，你也知道這件事有多複雜了。

我其實沒有拯救魚腳司，因為他本來就沒得渦毒病。

我救的，是我自己。

那後來呢？

瘋子諾伯會不會學他父親，展開尋找美洲的旅程？這片名叫「美洲」的大陸真的存在嗎？世界真的是沒有盡頭的圓球嗎？

小嗝嗝的死對頭——奸險的阿爾文——上次從熱氣球摔進滿是鯊龍的海裡，他真的死了嗎？他怎麼可能活著回來呢……

但我有種不好的預感，總覺得這兩個發誓要殺死小嗝嗝的危險壞人，一定會再出現……

敬請期待小嗝嗝的下一本回憶錄：《馴龍高手V：滅絕龍與火焰石》

國家圖書館出版品預行編目資料

馴龍高手IV：渦蛇龍的詛咒 / 克瑞希達．科威爾（Cressida Cowell）作；朱崇旻譯. -- 1版. -- [臺北市]：尖端出版, 2019. 4
冊； 公分
譯自：How to cheat a dragon's curse
ISBN 978-957-10-8527-2（平裝）

873.59 108002585

奇炫館
# 馴龍高手IV：渦蛇龍的詛咒
（原名：How to cheat a dragon's curse）

著　　者／克瑞希達．科威爾（Cressida Cowell）
封面內頁插畫／克瑞希達．科威爾（Cressida Cowell）
發 行 人／黃鎮隆
總 經 理／陳君平
經　　理／洪琇菁
總 編 輯／呂尚燁
執行編輯／許晶翎、劉銘廷
譯　　者／朱崇旻
美術編輯／陳聖義
企劃宣傳／邱小祐、劉宜蓉
國際版權／黃令歡、梁名儀
文字校對／施亞蒨
內文排版／謝青秀

出　　版／城邦文化事業股份有限公司 尖端出版
台北市中山區民生東路二段一四一號十樓
電話：（〇二）二五〇〇—七六〇〇
傳真：（〇二）二五〇〇—二六八三
E-mail：7novels@mail2.spp.com.tw

發　　行／英屬蓋曼群島商家庭傳媒股份有限公司城邦分公司 尖端出版
台北市中山區民生東路二段一四一號十樓
電話：（〇二）二五〇〇—七六〇〇（代表號）
傳真：（〇二）二五〇〇—一九七九

中彰投以北經銷／楨彥有限公司（含宜花東）
電話：（〇二）八九一九—三三六九
傳真：（〇二）八九一四—五五二四

雲嘉經銷／威信圖書有限公司 嘉義公司
電話：（〇五）二三三—三八五二
傳真：（〇五）二三三—三八六三

南部經銷／威信圖書有限公司 高雄公司
客服專線：〇八〇〇—〇二八—〇二八
電話：（〇七）三七三—〇〇七九
傳真：（〇七）三七三—〇〇八七

香港經銷／城邦（香港）出版集團有限公司
香港灣仔駱克道一九三號東超商業中心1樓
電話：（八五二）二五〇八—六二三一
傳真：（八五二）二五七八—九三三七
E-mail：hkcite@biznetvigator.com

新馬經銷／城邦（馬新）出版集團Cite（M）Sdn. Bhd.
E-mail：cite@cite.com.my

法律顧問／王子文律師 元禾法律事務所
台北市羅斯福路三段三十七號十五樓

二〇一九年四月初版一刷
二〇二一年五月初版二刷



■中文版■

郵購注意事項：
1. 填妥劃撥單資料：帳號：50003021戶名：英屬蓋曼群島商家庭傳媒(股)公司城邦分公司。2. 通信欄內註明訂購書名與冊數。3. 劃撥金額低於500元，請加附掛號郵資50元。如劃撥日起 10～14日，仍未收到書時，請洽劃撥組。劃撥專線TEL：(03) 312-4212 ・ FAX：(03) 322-4621。E-mail：marketing@spp.com.tw